# 祇園、うっとこの話

「みの家」女将、ひとり語り

聞書き＝谷口桂子

平凡社

# 目次

お宮参りの日。母・千万子（31歳）と。
昭和25年11月1日

吉村薫
よしむら・かおる

「みの家」女将。
1950年、
京都府京都市生まれ。
スナック「チマ子」、
お茶屋「みの家」の
若女将を経て、
現在、祇園「みの家」
女将を務める。

装丁＝中村香織

# 第一章

# 女将の一日

この頃は朝目覚めるのも早《はよ》なりました。

宴会やらで前の晩が遅いときは別ですが、六時ぐらいには起きます。

お布団をあげて、髪をとかして顔を洗って、常着の身づくろいをします。お化粧はしません、スッピンどす。

それから神さんのお水を替えて、仏さんのご飯の用意をします。

ご飯は小さい土鍋で炊きます。お米を洗って水に浸けている間に門《かど》を掃きます。冬の朝はさぶいので、コートを着て、手袋をして、長靴を履いて。ほうきでごみを掃いてから、ホースで水をまいてデッキブラシでこすります。

なぜかというとカラス。ごみを狙ってやってきて、おとしものをしていくんです。いつだったか塀にまっ黒なカラスがずらっと並んで、ヒッチコックの「鳥」みたいで、怖くて外に出られませんでした。

花街に限らず、カラスは水商売の天敵と違いますやろか。

冬場は水をまくと凍ってしまうので、冷え込んだ朝は大きいおやかんに水を入れて汚れているとこだけにします。

祇園町はまだ眠っていても、ぽつぽつと人通りがあります。

「おはようさんどす」

「行っといでやす」

人に会えば、まず挨拶です。いつでも、どこでも。

芸妓さんや舞妓さんも、道すがら出会うと、必ず立ち止まって、

「おかあさん、こんばんは」

「この間は、おおきに」

ご贔屓のお客さんはもちろんですが、お料理屋のご主人やご近所にも挨拶を欠かしません。

おかあちゃん（先代女将の吉村千万子）から聞いた話ですが、出たての舞妓さんらは、電信柱でもポストでも、背の高いものにはなんでも挨拶しなさいと教わったそうです。自分は知らないと思ても、相手は知っているかもしれない。

昔から祇園町でいわれてることのようです。それくらい挨拶が大事ということでしょう。引っ越しや開店のときもそうです。うっかり忘れると、あとになって「挨拶がおへんどした」といわれることもあります。

あ、そうそう、紙券を入れなあかん、と門を掃きながら思い出します。

紙券というのは昨夜の芸妓さんの花代（お座敷代）の本数を書いたもので、玄関わきの小箱に入れると、組合の人が集めに来はります。

それを基にして、お茶屋は芸妓さんや舞妓さんのひと月分の花代を支払うことになります。

そうそう、芸妓さんにお座敷の確認の電話をせなあかん、とまた思い出します。

それから炊事場に戻ってご飯を炊きます。

昼過ぎからは手伝いの子たちが来てくれますが、朝の掃除や支度は全部うち一人でせなあきません。

ご飯は一合の四分の一を炊きます。お供えはお仏壇が二つと、陰膳が一つ。

お茶は鬼門、裏鬼門など合わせて四か所です。

お茶室のわきや、お台所の上に神棚があります。

夏は大変です。冬場は二、三日置いてもいいのですが、夏はすぐ水が腐ってしまいます。

毎日サカキをおろして、水につけて、花立ても洗わないといけません。

おかあちゃんが坪庭にお茶室を建てはるときに、白い巳さん（蛇）が出てきはったそうです。

ものすごく縁起がいいから、これは祀らなあかん、ということになったようです。

うちが子供のときに「みの家」にいたねえやさんも、巳さんのことを覚えてはりました。

おかあちゃんは祀り事が好きやったんやなあ、と懐かしく思い出します。


祇園の花見小路の喧騒から離れた白川の近くに、お茶屋「みの家」がある。

「みの家」がある通りの二本南は観光客で賑わう四条通。八坂神社や師走の顔見世総見で知られる南座にも歩いて行ける。


仏さんと神さんのことが済んだら、朝参りに出かけます。

ウォーキングウエアに着替えて、冬場はマスクに帽子、歩きやすいウォーキングシューズです。コースは決まっていて、近くの辰巳稲荷と、そばのお地蔵さん。川端通りの弁天さんと、四条通にある目病み地蔵です。

目病み地蔵は目の病にご利益があるといわれています。

京都の町中ではあちこちでお地蔵さんに出会います。

よだれかけをしていたり、きれいにお化粧していたり……。

町内の人がいつもお掃除をして、立ち止まって手を合わせたり、守り神のように生活に溶け込んでいます。

そうそう、もう一か所お参りするところがありました。

――かにかくに祇園はこひし寝《ぬ》るときも枕のしたを水のながるる

白川にある歌人の吉井勇の石碑です。

昭和の時代に、祇園白川に「大友」あり、「大友」にお多佳さんあり、といわれた有名なお茶屋がありました。お多佳さんは「大友」の女将で、吉井勇は「大友」でその歌を詠んだそうです。

お多佳さんについては何冊か本を読んで、賢かった人なんやなと思いました。

――春の川を隔てゝ男女哉

漱石がそう詠んだ女性でもあります。

北野の梅見を巡って漱石と行き違いになったんですね。あれは京言葉が原因やと思います。

京都の人はあからさまを嫌います。嫌といわず、嫌を相手に察知させる。

ハキハキいうのははしたないことで、

「あんた、ちょっとハキハキしすぎや」

とおかあちゃんによう怒られていました。

お客さんにはあからさまにいわんようにしていますが、それでも誤解されたことがあります。

嫌なことは嫌、ええことはええ。そのほうがええと思てました。

うちの性格ですが、京都ではええことではないようです。

川端の弁天さんは、おかあちゃんが奉公したはったときに庭掃除をしていたところです。

「そこに弁天さんがあってな」

というてました。確かに奉公先の「よし松」があった場所です。これもおかあちゃんの縁やなと思てます。

朝参りは半時間ぐらいです。散歩がてらで、ええ運動にもなります。

祇園さん（八坂神社）に寄るときもあります。

お賽銭はその日の新聞の占いに出ているラッキーナンバーで決めます。なんでも縁起を担いでしまいます。

朝参りはもう何年も続いている習慣で、よほどの大雨や風邪を引いたとき以外は休みません。

習慣になっていることをしないと気持ちが悪いんです。

「みの家」に戻って軽く朝ご飯をいただきます。

午前中は銀行や郵便局などの外回りです。

銀行は入金の確認、郵便局は請求書の発送です。髪結いさんに行く日もあります。

お土産がいるお客さんのときは好みのものを買いにいきます。

近所の「亀屋清永」や、ニューヨークに本店がある「マリベル」のチョコレート。「はれま」のチリメン山椒が全国に知られる前に、東京のお客さんに送ったら、その方は京都に来るたびに買われてました。

京都らしいもの、京都にできた新しいお店や、京都でしか買えないものを差し上げると喜ばれます。

お仏壇にお供えするお菓子も買い求めます。

おかあちゃんのときはしっかりした仲居さんがいて、他に何人も人を使っていました。紙券や請求書のお会計をする人、台所のおばちゃん、ねえやさん……。いまはうち一人でやっています。

働いてくれる人を見つけるのもなかなか大変な時代になってきました。

お茶屋の起源は江戸時代に遡る。神社仏閣の参拝客や旅人に湯茶を振る舞ってもてなした水茶屋が始まり。次第にお茶の替わりに酒や料理を出し、店で働いていた女性が唄や舞を披露するようになった。彼女たちが現在の芸妓・舞妓のルーツになる。

花街にはお茶屋と屋形（置屋）がある。お茶屋は「お座敷」とも呼ばれ、客をもてなす宴会場のこと。一方、屋形は芸妓や舞妓が所属している店。お茶屋と屋形を兼ねるところもある。

外回りから戻るとちょうどお昼頃です。

お昼はお菓子やらで軽く済ませます。

「みの家」で宴会が入っているときは、芸妓さんの段取りや仕出しのお料理の確認をします。

「六時から九時、間違いおへんか？」

と屋形に電話します。

うっかりするときがあります。

しんならんと朝から思てても、まだ早過ぎると延ばしていたら、ころっと忘れたことがありました。

日を一日間違えて、料理が来いひんときもありました。うちがいい間違えたんかなあ、と折れなしゃあないです。

「ほんまに、堪忍え」

と謝って、急で悪いけど、遅れてもいいからと頼みました。

そうかと思うと、「菱岩」さんと「川上」さんの両方のお料理屋さんに頼んでいたこともありました。古くから働くお富さんがいた頃です。「菱岩」さんにいうたら、いうたことをわかるようにせなあかんと反省しました。

毎日「すんまへん」のいい通しです。

うちは間違ってないと思うときでも、そうはいいません。そういうたら余計に混乱するだけです。どうしたらその場がうまいこと収まるかを考える。

辛抱どす。

日々、辛抱の連続。

朝が早く夜が遅いので、ちょっとお昼寝でもと思ても、電話が鳴ったり人が来たりでなかなかできません。

さっきも店出しの挨拶がありました。

店出しというのは、舞妓さんのお披露目です。ここのところ続いています。舞妓さんになる前の仕込みさんがたんといはるんですね。

仕込みさんというのは、舞妓さんになるために義務教育を終えて屋形に住み込みで修業をしている子です。

「よろしゅうおたの申します」

赤い縁取りの中に屋形と後見人のおねえさんの名前を書いた差し紙が配られてきます。

芸妓さんの襟替えのときもそうですが、手拭いも配らはります。

手拭いが届いたら、大安の日にお祝いを持っていきます。そうすると半紙に包んだ「おため」をいただきます。おためは結納や結婚祝いのお返しのときにもいいますね。

しきたりとか決まりというより、祇園町ではずっと昔からそうしてきたようです。宴会の打ち合わせに来はる方もいはります。

お帳面もしんなりません。毎月二十五日が締めで芸妓さんのご祝儀を計算します。請求書も送らなあきません。

一見《いちげん》さんお断りなので、お座敷に上がるには紹介者がいりますが、紹介者にもお支払いがありましたという連絡をします。ご紹介いただいたお客さんに請求書を送って振り込みがない場合、紹介者の方に請求が行くことになるので、ちゃんといただきましたという連絡は欠かせません。

屋形に電話すると、仕込みさんが出はるときがあります。最近は地方の子が多いです。

長いことどす（お久しぶりです）

おかえりやす

おきばりやす

京都は挨拶からして違います。

同じ京都でも、御所言葉、町言葉、職人言葉、花街《かがい》言葉があります。

それから常の言葉と丁寧語があります。

京都出身で芸妓さんになった子でも、花街言葉は独特なので大変やったそうです。ある程度花街言葉を覚えないと、舞のお師匠さんが、なにをいうてはるかわからないとも聞きます。

仕込みさんが電話に出たときは、ゆっくりめに喋るようにしています。

花街で育った子なら別ですが、よそから来た子は電話で苦労していると思います。ただでさえ花街でしか使わない専門用語が多いのに、早口でいわれたら、なにいうてんのかさっぱりわかりません。

切通し

祇園新橋

どこのことかもわからないでしょう。

「×月×日×時、HANA吉兆。HANA吉兆は縄手を下ったとこにあるねんえ。来てもらえるか、お帳面見てちょうだい」

それでも頼りない声で返事をされると、

「書いたか？　見たか？」と念を押します。

電話したのに、聞いてませんといわれたときがありました。

それからはそこの屋形には二回電話するようになりました。昼間仕込みさんが出たら、夜にもう一度しっかりした人が来たときに、

「今日お昼に電話しましたが、聞いてくれたはりますか？」と確認します。

そこまでしないとかわいそうです。

あんたが悪いということになって、仕込みさんが嫌になってやめてしもたら……。そうならんようにするのもお茶屋の女将の役目かと思います。

いま、病気で一人休んでいますが、店借りさんが三人います。

店借りというのは芸妓さんの電話の取り次ぎやスケジュール管理をすることです。

玄関にその妓らの表札も並んでいます。

舞妓のときから知っている芸妓さんに、店借りをやってたお茶屋さんがやめてしまうからと頼まれて引き受けたら、うちも、ということになりました。

それぞれの芸妓さん専用のノートがあります。お座敷の連絡があると、ノートを見ながら、

「本人に聞いてお返事します」

と伝えます。自前さんなので、勝手にスケジュールを入れるわけにはいきません。

芸妓さんへの確認はガラケーのメールです。スマホはプライベート用と使い分けています。ケータイは嫌いでしたが、ちょうど使うようになった頃に店借りを引き受けました。便利でよかったと思います。


「みの家」の一階はお座敷の他に、「お台所」と呼ばれる事務室兼茶の間、着替えの部屋、仏間、離れの茶室など。二階にも舞を披露する広間がある。

お台所の一角にある机の上には電話が二台。

一台は組合電話で、お茶屋と屋形、検番（組合）を結ぶ内線電話のようなもの。

手伝いの子が出勤してきました。大学生ばかり五人でシフト制です。

まず教えるのが電話です。

祇園甲部にお茶屋は五十九軒あります。どこから電話があるかわかりません。

「お茶屋さんの名前と、店借りさんの名前は、聞き取ったのを一字でええから書きなさい」と教えます。

「お茶屋さんの名前はわかるまで聞き返しなさい」ともいいます。

わかったふりして電話を切って、あとになって、

「これ、なんて聞いたん？」

ということがあったからです。似たような名前を探してもわからず、往生したことがありました。聞き忘れもあります。

学生ですから、聞いたこともない名前をいわれて戸惑ったのでしょう。

町内ごとにお茶屋の名前や電話番号、裏には芸妓さん舞妓さんが所属している屋形の雷話番号が載っている印刷物があります。

暇なときはそれを見て名前を覚えるようにいうてます。

廓《くるわ》の手帖も電話の横に置いています。

組合からお茶屋や芸妓さんらに配られるもので、掌《てのひら》に乗るサイズで、表紙に金箔で祇園のマークのつなぎ団子が入っています。

ここにも芸妓さんの名前が載っています。昔はいろは順でしたが、いまはさすがにあいうえお順になりました。

料亭やタクシー会社の電話番号も載っていて、便利は便利ですが、小さくて使いにくいので持ち歩いてません。おかあちゃんは使こたはりました。

夕暮れが近づいてきました。

着替えの部屋に行って、今夜着る着物の段取りをします。ここでようやくお化粧をします。

乳液をはたいて、下地を塗ってファンデーション。お粉で押さえて、頬紅とアイシャドー。まつ毛はエクステです。時間にして十分、ある芸妓さんに化粧やないといわれました。

着物はその日の予定や気分で選びます。

新聞のラッキーカラーを参考にするときもあります。シルバーなら帯締めに銀の線が入っているのを選んだり。芸妓さんが着るような晴れがましい訪問着は持っていません。

大抵小紋、それも無地に見えるようなものが多いです。

かんざしに凝ったときもありましたが、いまは帯留めです。お正月は紅白、節分は柊《ひいらぎ》というように季節のものもあります。

着替えている間も、手伝いの子がノートを持って駆け込んできます。

「あのう、宵って、いわれたんですが……」

宵や後口といわれても、わからないでしょう。宵は六時から九時、後口はそれ以降になります。

手伝いの子がお座敷の机を並べてくれますが、お膳や箸置きが歪んでないか、床の間の掛け軸やお花も点検します。

「おざぶに前があるのを知ってるか？」

座布団に裏表があり、四辺のうちの縫い目のない一辺が前になることも教えんなりません。

「みの家」は一階が掘りごたつのお部屋とお茶室、二階に広間があります。

混み合うときは、お茶室にお客さんを案内することもあります。

お茶屋としては小さい店ですが、それでも満室になると、二階に上がったり、後口のお客さんをお迎えしたりと、階段を上り下りします。

そうそう、手伝いの子のご飯の支度もあります。

お客さんがあるときは焼き魚や炒め物はできません。

若い子が好きそうなモッツァレラチーズとアボカドのサラダや、筑前炊きに鶏肉を入れたり、おみおつけは笹がきごぼうや里芋、お揚げやワカメで具だくさんにすると一品のおかずになります。

早い時間の宴会があると、ご飯が作れないので、コンビニで買って食べてということになります。

好きなお弁当が選べて、かえって嬉しいかもしれません。

「みの家」で宴会とは限らない。京都のホテルや料亭で大きな宴会のときもある。琵琶湖まで遠出もする。

芝居の切符をとってほしい、月見がしたい、鵜飼いや嵐山の紅葉が見たい……という客の要望にも応える。その際は車の手配から昼の弁当、土産も用意する。

大事な客なら芸舞妓と一緒に京都駅まで出迎えに行く。

ご飯食べといって、客が芸舞妓を誘って食事に行くとき、付き添うこともある。

いつも京都にいるわけではありません。

今月は東京で出版記念パーティーがあったので上京しました。大抵日帰りです。予定が決まったら、まず髪結いさんに予約を入れます。

芸妓さん舞妓さんに花代をつけて、ホテルのスイートルームをとっていただいて、東京ドームの野球観戦や浅草見物をさせてもらったこともありました。

お宅でのホームパーティーにも芸妓さんらを連れて出かけます。舞妓さんを連れての三花街

（先斗町、上七軒、祇園甲部）のポスター撮りの仕事もあります。

そうかと思うと、歌舞伎の「おとし」に行けないので代わりに行ってくれませんかと頼まれることもあります。おとしというのは、贔屓の歌舞伎役者さんのためにひと肌脱いで、お茶屋や芸妓さん舞妓さんに声をかけて、団体でお芝居を見に行くことです。

花柳界と歌舞伎は同じ芸という点でもつながっているんですね。

出先にも電話がかかってきます。

「ご祝儀を持ってこられたんですが、どうしたらいいでしょう？」

手伝いの子からです。店借りさんのご祝儀ですが、少ない金額ではないので、びっくりしたのでしょう。

お客さんと二次会に行く予定でしたが、急いで「みの家」に戻り、お金はクリップで留めてノートに記入すると教えます。

祇園甲部では公休日というのが月に二回ありますが、なかなかゆっくり休めることはありません。

「みの家」で宴会が終わったら後片付けです。

手伝いの子がしてくれますが、電気を消したり、おこたのスイッチを切ったりと、うちも手伝います。お座布団を片付け、ウイスキーのボトルを定位置に戻します。

手伝いの子が帰ってからは洗濯です。

下がったお料理の器を手伝いの子が洗って、それを拭いて仕出し屋さんに返しますが、器を拭く布巾が何枚もいります。ビールや水割りのグラスを拭くのは、乾いた布巾にしてというてますので、その布巾もいります。

布巾だけでも一日に何枚も使います。

それとおしぼりです。

十人のお客さんなら、三回はお取り替えするので三十本いります。それも全部洗濯します。お客さんが多いときは、朝うちの近くに車を止めておしぼりを回収している業者の人に、「今度の土曜日、都合して」と頼むときもあります。

手伝いの子の作務衣《さむえ》も洗います。布巾と分けて洗わんとあきません。それからうちの衣類です。多い日は三回洗濯機を回します。

夜中の二時半ぐらいになるでしょうか。それでも済ませないと、明くる日がしんどいです。

その間にお風呂の準備をします。

あ、その前にすることがありました。ごみ出しです。

このあたりは毎日ごみが出せますが、出すのは早うて午前一時前。真向かいのお店が終わって木戸を閉めるのが一時前だからです。

うっとこが早う終わったからというて、夜の十時、十一時にごみを出したら、お向かいさんはまだお客さんの出入りがあります。通りを挟んだ向かいですから、同業者としてええ感じはせんのと違いますやろか。

そういわれたわけではないですし、うちがそうしてるのをお向かいさんは知りません。けど知っていようがいまいが、同業者の礼儀と思てます。今日はもう眠いと思ても、ごみを出すのは木戸を閉めはった一時前と決めてます。

そやけど、さすがにしんどいときがあります。

そういうときはスマホのアラームを一時にセットしてちょっと寝ます。

それもしんどいときは生ごみを冷凍するようにしました。冷蔵庫が二台あるので、一台の引き出しを生ごみ用に空けています。お茶かすなどは絞ってできるだけ小さくします。紙屑だけのごみなら、ごみ箱にあってもそんなに苦になりません。

洗濯もごみ出しも終わって、ようやくお風呂です。

疲れているとすぐに上がりますが、小一時間ぐらい湯船につかっているときもあります。入浴剤は大好きで、自分でも集めてますし、芸妓さんがくれはったりします。

お客さんが「今日は楽しかった」というてくれはったら、嬉しいですし、ほっとします。

そういうときの疲れは心地よい疲れです。

お仏壇のおかあちゃんに一日の報告をして、お礼をいうてやすみます。

# 第二章

# 「みの家」の歴史

何百年と続く老舗のお茶屋が、代々一族に受け継がれて栄える中で、「みの家」女将の吉村薫さんの母親で先代の吉村千万子さんは、京都出身でもないのに、十代で祇園のお茶屋に奉公。二十三歳で自分の店を持ち、旅館「吉むら」など、お茶屋以外の事業も成功させて女実業家といわれた伝説の人物だ。

おかあちゃんは大正八年、山口県の生まれです。

おかあちゃんの母親、つまりうちのおばあちゃんはご主人と離婚することになって、一人いた女の子を連れて故郷の山口に帰りました。帰ってからおなかに子供がいることに気づいたそうです。

それがおかあちゃんです。

娘を連れた出戻りで、さらに実家でもう一人子供を産んで故郷にはいづらかったのか、おばあちゃんは子供二人を連れて大阪に出て、駅前でくらわんか餅を売って生計を立てていたそうです。いまの枚方か光善寺あたりでしょうか。

おかあちゃんは子供ながら母親の仕事をよう手伝ったみたいです。

よう働く子やなあ、とその姿を見ていた京阪さん（京阪電気鉄道）の人の紹介で、尋常高等小学校を出てすぐ、祇園のお茶屋「みの家」に養女に来はりました。

ところが養母が病気がちで、おかあちゃんが十六のときに亡くなってしまって……。まわりの大人たちは「みの家」を売って、おかあちゃんにお金を持たせて親元に帰れというたそうです。

そういわれても帰れない事情がありました。

おかあちゃんの母親はおかあちゃんが十一のときに亡くなり、その後は十八歳年上の姉大婦の家に厄介になっていました。裕福な家ではなかったようで、それ以上、おねえさんには迷惑はかけられないと思たようです。

それで仲居さんの修業をさせてもらえるとこはないか相談しはったんです。紹介してもらったのが、「よし松」というお茶屋でした。

「よし松」の女将さんは厳しかったそうです。

おかあちゃんの千万子という名前が生意気やと、しげ子に変えさせられて。

お座敷の後片付けを終えたら午前四時だったとか、お皿一枚割ったらお給金から引かれたとか人から聞きましたが、おかあちゃんはどう厳しかったかはいいませんでした。

けど、うちでひじきを炊いたときでした。

「ひじきは嫌い」

といいました。おかあちゃんは食べ物の好き嫌いはない人でした。

なんで？　と聞いたら、「よし松」では奉公人はご飯とお漬物がせいぜいで、おかずがついてもよくてひじきだったと。

その頃を思い出すのでしょうか。そう聞いたら話を変えはりました。

それ以上いいたくなかったのでしょう。

「よし松」で、千万子さんは甘粕正彦に出会う。関東大震災直後、陸軍憲兵大尉だったときに、アナーキストの大杉栄と内縁の妻・伊藤野枝らを殺害した「甘粕事件」の首謀者だ。

終戦直後、満州で服毒自殺した。

甘粕さんは「よし松」に来ると、きれいどころの芸妓さんではなく、おかあちゃんを自分の横に坐らせたそうです。

ちょっと自慢そうにいうてました。

自慢できることかもしれません。

その頃の芸妓さんの数はいまの比ではなくて、しかも「よし松」はきれいな妓ばかり揃えていたそうです。お客さんは選り取り見取り。お茶を挽く（お座敷がかからない）芸妓さんがいっぱいいたとか。

その中から選ばれたんですから。

それなのに、そんなに好かれてたのに、おかあちゃんは店の上等でないお客さんと恋仲になってしまうんです。ご主人を小部屋で待ってるような、呉服屋の番頭さんと。

甘粕さんは日本に帰ってくるのもたまで、帰ってきても忙しい人でした。遠距離恋愛は難しかったのでしょうか。

「よし松」の女将さんは、おかあちゃんを養女にしたいというてはったそうです。きつく当たってても泣き言ひとついわず、よう気がつくので、一人前の女将に成長するのではないかと。

それなのにおかあちゃんは、恋仲になった呉服屋の番頭さんと、大八車で夜逃げ同然に飛び出したんです。

めちゃくちゃええ男で、大恋愛だったと。おかあちゃんは男前が好きでした。

そうして、ええ男と二人で途絶えた「みの家」を再興しました。ええ男が帳面をして、ものすごく流行ったそうです。

目にかけていたのに、おかあちゃんに逃げられた「よし松」の女将さんは怒り心頭です。それはそうだと思います。もちろん出入り禁止。芸妓さんや舞妓さんにも、「みの家」に行くことはあいならぬと触れ回ったとか。

けど当時は芸妓さんも人数がいましたから、「よし松」に行けない芸妓さんが「みの家」に来ていたのだと思います。

そのええ男が、うちのおにいちゃんとおねえちゃんのおとうさんです。ところが、やはり店のお客だったうちのおとうちゃんと出会って、おかあちゃんは慰謝料をつけて前のええ男を追い出したそうです。

その話を聞いてびっくりしました。

暦を見て、別れるのにええ日を選んだと聞いて、またびっくり。

うちが離婚してから聞いた話です。

離婚するときに別れるのにええ日を選ぶなんて考えたこともありませんでした。


「みの家」には美空ひばり、イサム・ノグチら、著名な客が多くいるが、作家の瀬戸内寂聴さんもその一人。

瀬戸内さんは祇王寺の智照尼のことを『女徳』に書き、智照尼の紹介で祇園に詳しい中島六兵衛さんを知り、「みの家」を訪れるようになった。

昭和四十六年から日本経済新聞に連載された、瀬戸内さんの『京まんだら』は千万子さんがモデルで、テレビドラマ化、舞台化され、いまでも読み継がれるロングセラー。

作中で甘粕大尉は千万子さんの「初めての男」となっている。


――三年坂に沿って縦長に敷地があり、道に面した門から玄関まで丁度三年坂の半分ほど、登り坂の小道がつづいている。その小道は石を畳み、両側は竹やつつじで飾ってあるので、門をくぐれば、すぐ、どこかの寺の中へでも入ったような静けさがあった……

『京まんだら』の一節ですが、清水にあった旅館「吉むら」のことです。

母屋は客室で、二階建ての離れに母とうちらが暮らしていました。

旅館は一階と二階に一部屋ずつです。

お客さんが到着すると、まずお茶室に案内して抹茶でもてなしました。旅の記念にその写真を撮ってお客さんに送りました。夕食はつかない片泊まりの宿で、朝ご飯は「たる源」の樽に入った湯豆腐や鮭の焼いたのや、小鉢が何品かつきました。

『京まんだら』の冒頭に描かれた大晦日の場面は覚えています。

瀬戸内先生と女性三人がおこたでお酒を飲んではったときのことが題材になっています。

レミーマルタンが三、四本空いていました。ちょうど除夜の鐘が鳴って、うちはお酌をしてたんですが、お酒も入って、いろんな話から甘粕さんの話題になりました。そのとき初めて、母が甘粕さんからの手紙のことをいわはったんです。

おかあちゃんが夜逃げしたあとで、甘粕さんが「よし松」を訪ねてきたそうです。

「ええ男を作って出ていった」

と女将さんはいうたらしい。

それで甘粕さんは満州国から母に手紙を出さはったんです。昭和十七年の戦争中に、新京ヤマトホテルから。

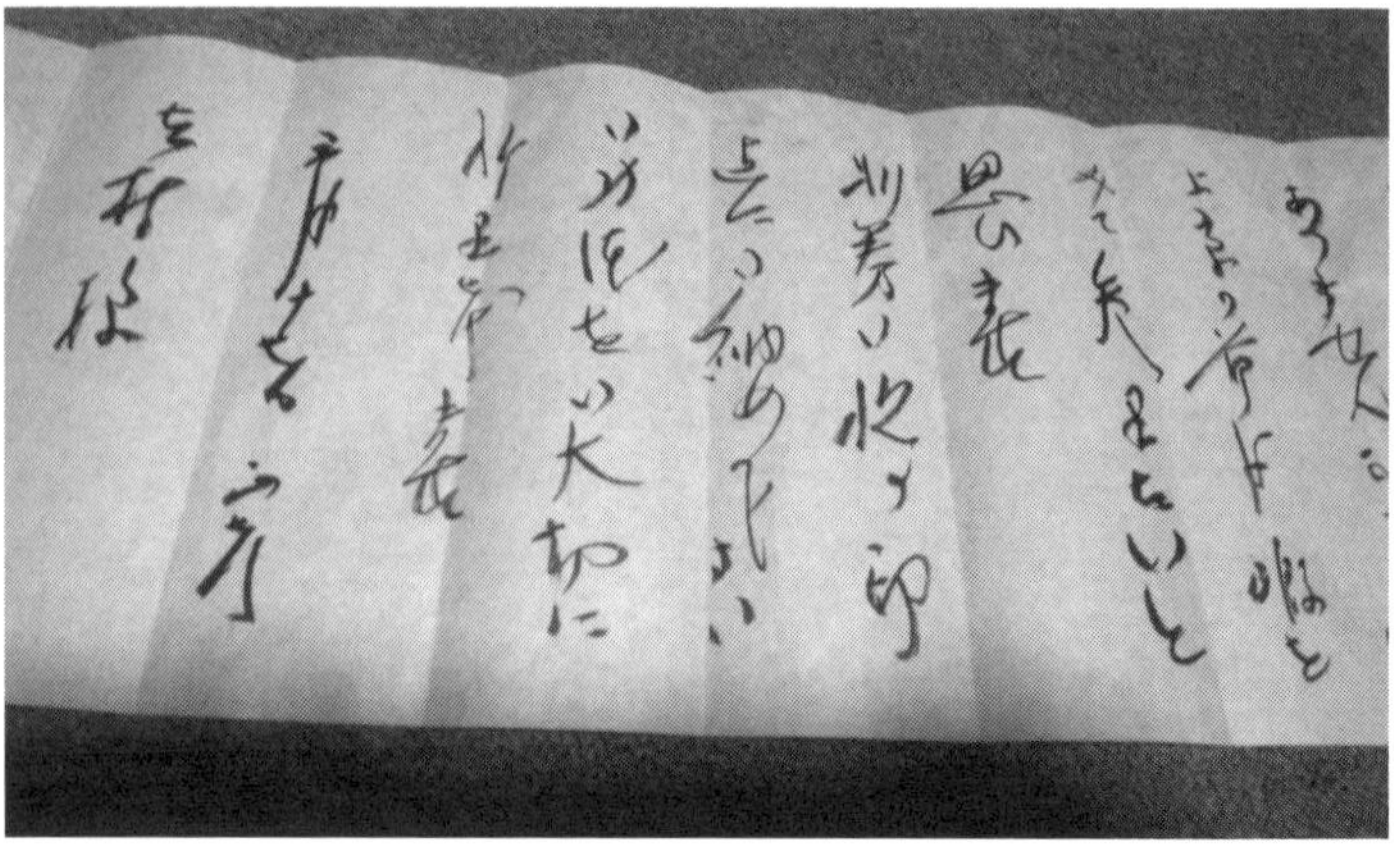

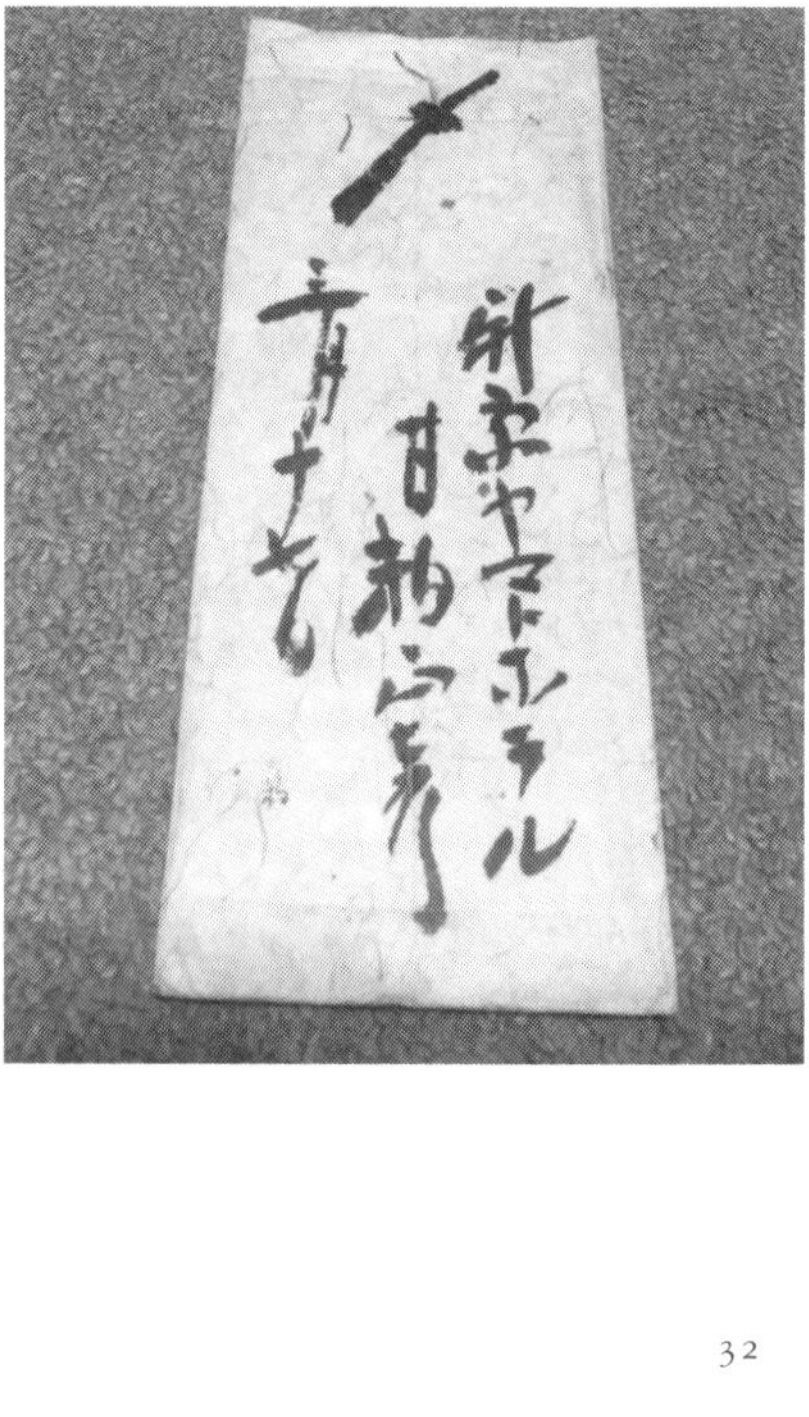

甘粕から母・千万子に
届いた手紙。

その手紙がいまでも残っています。

母は手紙を白い布に包んで、いつも帯の間に入れて持っていたようです。手紙のこともうちは知りませんでした。娘にはいいにくかったのでしょう。うちには話さないことも、瀬戸内先生には全部喋っていたようです。

「恋文じゃないじゃない」

手紙を読んだ瀬戸内先生はおっしゃいました。

駆け落ちした男と一緒にいるのを甘粕さんは知っているわけですから儀礼的なものになるでしょう。うちはお祝いのお金が入っていたと思います。

母のいちばんの恋愛だったんじゃないでしょうか。

「競馬はあかん」と母はいうてました。

当たって大金が手に入ったら病みつきになる。ということはその逆もある。だからしたらあかんのやと。

甘粕さんにいわれたそうです。

甘粕さんにいわれたことは、なんでもその通り受け止めているようでした。

ベルナルド・ベルトルッチ監督の「ラストエンペラー」という映画がありました。

坂本龍一さんが甘粕さんの役をやらはりました。うちが先にお客さんと見に行って、おかあちゃんに、見に行ったら？　とすすめました。

そしたら一回見に行って、うちに隠れてもう一回見に行かはったんです。

「あんな役者かなわん」

「もっとええ男やった」

と不満そうでした。

「坂本龍一って、有名な人なんえ」

というても気に入らなかったようです。

「満州に来なさい」

と甘粕さんには誘われていたそうです。「よし松」の女将には話をつけてあげるからとまでいわれていた。それでもおかあちゃんは行かなかった。

大間違い、いや大正解でしょう。

満州に行っていたら、終戦になったとき「毒をもらって殉死してた」というてました。

そしたらうちは生まれてません。

おにいちゃん、おねえちゃんもこの世にいません。

「みの家」の再興は昭和十七年三月十七日となっています。

母は三月十七日という日にちにこだわっていました。

なんでやと思います?

甘粕さんの手紙の日付なんです。だからやないかと、うちは思います。

薫さんが生まれたのは京都市左京区岡崎の鳥居町。

兄と姉は「みの家」で誕生したが、住み込みの仲居さんが何人かいて、手狭になって薫さんの父親が岡崎に家を建てた。

いまは「竹茂楼」の社長夫婦が家を建て替えて住んでいる。

千万子さんは一時、旅館「吉むら」の他に、鉄板焼きの店「楼蘭亭」、スナック「チマ子」と手広く店を経営した。


母は愛嬌のある可愛いい人でした。頭もよかったそうです。

愚痴はいいませんでした。お酒を飲むと笑い上戸で泣き上戸で。

情の濃い、情け深い人でした。

三人きょうだいの中で、顔立ちはうちがいちばん似てますが、性格は似ていません。

人見知りせず、偉い人にも怖れを知らずなつく……と『京まんだら』に書かれていますが、明るく振る舞うと母が喜ぶと思たから、そんなことができたんですね。

母は女っぽかったと思います。

死ぬまで女でした。

母親の恋愛については、甘粕さんの話を聞いたのは二十歳を過ぎてからなので、へえ、と思ただけで……。

同じ男の人を好きになったこともあります。

それでうちが負けたんです。うちが三十過ぎ、母は六十代でした。あるとき三人が同じ場にいて、うちがすがるような目でその男の人を見たら、黙って帰れみたいな目配せをされて。悔しい思いで帰って、おかあちゃんが帰ってくるのを寝ずに待っていました。

朝の六時か七時頃おかあちゃんは帰ってきて、着物を畳んどいてな、とひと言だけいわれて……。どうなったのか聞きたくても、怖くて聞けませんでした。

「おかあちゃんを、悪《わ》る思うな」

あとから男の人にいわれました。


奔放な恋愛を繰り返す一方で、千万子さんは義理を欠かさない人だった。「みの家」の先代の墓参りを忘れたことはなく、月命日に京都にいないときは、従業員を代理で行かせた。

母は気取りがなく、誰に対しても偉そうにしない人でした。だから親しみやすく、お客さんの奥さん方ともすぐ仲良しになっていました。

面倒見はよかったと思います。

毎月一日には、「よし松」にご挨拶に行ってたようです。仲居さんがどういうものか教えてもらった恩義があるからだと。玄関より先には入れてもらえませんでしたが、お礼の気持ちを置いて帰ってきたそうです。「よし松」の女将さんが晩年寝たきりになってからも面倒をみていたのではないでしょうか。

女将さんも左京区の岡崎に住んでいました。うちは「おばあちゃん」とよんで、幼稚園の帰りには必ず寄ってました。本当のおばあちゃんと思てました。

母が義理を欠かなかったから、そうやって出入りさせてもらってたのでしょう。

そのあたりの詳しい話を聞く機会もありませんでした。

養女になった「みの家」のことも、養母が早く亡くなってしまったので、母自身も「みの家」のことはよく知らないままだったようです。

おかあちゃんは、いわゆる母親ではなかったです。

うちにはおとうさんがいなかったので、おとうさんの代わりに働いてくれていると思てました。都合のいいときだけ、母親になりたがると思たこともあります。

「母親らしいってどんなん？」

あるとき聞かれました。他の子のうちみたいに、ご飯やお弁当を作ってくれて、遠足のときはいつもよりご馳走のお弁当を作ってくれることといいました。

そしたら、わかりました、と。明くる日の晩ご飯を作ってくれることになりました。

一体なにを作ってくれるのだろうと、兄や姉と前の晩から楽しみにしていました。

そしたら「みの家」の台所をしているおマツさんという料理上手なお手伝いさんが、しいたけやれんこんを煮つけ、錦糸玉子をきれいに切って、あとは混ぜたらええだけにして、母に渡して帰りはったんです。

まっさらなおろしたての割烹着まで手渡して。

「混ぜただけやん」

「おマツさんのちらし寿司なら、おいしいのは当たり前」

うちがいうてたら、兄や姉はおかあちゃんの味方で、

「忙しいのに作ってくれはったんやから、おいしいというて食べるんやで」といわれました。

おかあちゃんは料理する時間もなかったし、する必要もなかった。おマツさんがいはったし、旅館のほうもそうでした。

何年生のときだったか、おかあちゃんが授業参観に来はったことがありました。

お着物で来はったんです。嫌でした、恥ずかしかったです。

「二度と来んといてください」といいました。

「なんで？」

と聞かれて、お着物はおかあちゃんだけやし、お化粧もしてはるし、と。

「わかった」といわれました。

寂しそう？　いいえ、ラッキーと思たんと違いますか。それからはもう行かなくて済んで。

おねえちゃんはきれいやけど、いちばん下の子はがりがりに痩せていて、色が黒うて五黄の寅で気がきついと。うちがいるところでおかあちゃんは人にそういうてました。

そうなんやと思て育ちました。


薫さんは贅沢三昧に育った。

「あば」と呼ばれる乳母がつき、千万子さんは自分ができなかったことを子供たちにさせようと、薫さんは琴、兄はバイオリン、姉はピアノの習い事をさせた。

薫さんには中学生のときから家庭教師がつき、アメリカのハイスクールを出た先生に英会話の個人レッスンを受けた。

新しい物好きの千万子さんはテレビもいち早く購入した。夕食後は近所の人が見に集まるため、座布団を並べるのは薫さんの役目だった。


おかあちゃんはなんでも買うてくれました。

おにいちゃんはベースボールゲーム、うちはカール人形。ほしいという前に買うて枕元に置いてありました。いちばんに買うてもろって、友だちは誰も持っていなかったから、見せびらかして遊んでいたんでしょう。

誕生日には凮月堂からバースデーケーキが届きました。

きれいな紐が箱にかけられていて、おいしかったのを覚えています。

子供の服も勝手に買うてきて、おねえちゃんは大人しく着てましたが、うちは目立つのが嫌でした。

おかあちゃんが選ぶ服は目立つものが多く、子供ははやされるのを嫌います。

お買い物といえば髙島屋で、よく連れて行ってもらいました。

おねえちゃんが大学生、うちが高校生のときです。

「おねえちゃん、髙島屋に買い物にいこ」

「おかあちゃんにいわんと」

「かまへん、外商の人をよび出したらええやん」

そやな、ということになって、二人で髙島屋に行って、外商の大橋さんていう人をよび出しました。

「二人だけか？　おかあちゃんにいうてきたか？」

黙って来たのは察してはったと思います。おねえちゃんはブラウス一枚を選んだんですが、うちはあれもこれもほしくなって、セーターやらスカートやらを並べました。

それを見た大橋さんがいわはりました。

「薫ちゃん、おねえちゃんは一枚だけで、あとは全部あんたのもんや。うちとこも商売やけど、おかあちゃんに黙って来たんと違うか。全部戻せというのは酷やし、こん中からほしいのを一点だけ選びなさい」

あの時代の大人って偉いなと思います。

いまならわかってても、どうぞ好きなだけ選んでくださいとすすめるのと違いますか。

もちろんおかあちゃんには叱られました。

おかあちゃんにはしょっちゅう叱られてました。

中学三年のとき、ボーイフレンドができて、押し入れに運動靴を隠して、晩ご飯のあとで二階の窓から脱出したことがあります。

ちょうど下にいたおかあちゃんと鉢合わせになって怒られました。

うちに遊びに来た友だちと、レミーマルタンを飲んで空けてしまったこともありました。

一杯ずつならわからへん、というてたのに空っぽにしてしまったんです。

どうしようと友だちと慌てて、お水では色が違うから、お茶を入れて誤魔化して戻しました。

何日かして、おかあちゃんが気づきました。腐ったんやろか、それにしてもおかしいということになって、お皆あばに聞かはったんです。

「なんや、これ」

友だちが来はって……と、あばが報告して、あんたと違うかということになって、また叱られました。

お酒は口にしましたが、おませではなかったと思います。

お皆あばが文楽が好きで、小学生のときに連れて行ってくれました。

お人形さんがすごいのに、びっくりしました。

見たのは「菅原伝授手習鑑」です。

難しい場面はよくわかりませんでしたが、子の首が討たれて、母親が「お役に立ててくださったか」というところですごく泣きました。

白装束の夫婦が野辺の送りをする最後の名場面では大泣きしました。

あばが恥ずかしいと困っていました。

中学の頃からは道頓堀の朝日座に文楽を見に行きました。

一人で行ってもいいというお許しが出たんです。ただし日曜だけで夜は見に行ってはいけないと。けど高校になると通しで見るようになりました。

近くにおでん屋があって、大人の雰囲気の店に一人で入りました。

「タコ食べるか？」

「こんにゃくはどうや？」

ほろ酔い加減の男の人たちが声をかけてきました。

「酒も飲めるんと違うか」

本当は飲めましたが、これ以上いてはいけないと思て首を振って帰りました。

再び文楽にはまったのは六、七年前です。

若い頃から恋愛でいちばん美しいのは心中と思てましたが、「心中天網島」は好きになれませんでした。奥さんのおさんに義理立てして、二人が離れたところで死ぬなんて、本当に心中なのかと。

ところが年をとってからじっくり見たら、それぞれの登場人物の立場がよくわかって、近松は奥が深いと思いました。


薫さんの両親は正式な結婚ではなかった。

両親が別れたのは薫さんが中学三年のとき。


おとうちゃんと別れるなんて子供には知らされてなくて、この頃帰ってきはらへんなあと思てました。あるとき突然帰ってきて、おにいちゃん、おねえちゃん、うちを順番に泣かんばかりにきつう抱き締めはったんです。

うちは痛いというて泣きました。

そのときはもうおかあちゃんと別れてたんですね。子供たちにいっぺんだけ会わせてくれというて帰ってきたんと違いますか。

それからは一度も会ってないです。

あとになってお客さんで私立探偵を雇ってお墓を探してくれはった人がいて、毎月お参りに行きました。

おとうちゃんのことはいまでも好きです。うちは気前のよかったおとうちゃんしか知りません。結局お金やと思います。

おとうちゃんはブラジルの移民の仕事をしてはりましたが、事業をするにはお金がいります。

いまから思えば、事業に失敗したんと違いますやろか。

おかあちゃんと最後までうまいことといっていたわけではないようです。

おかあちゃんは酔うとよういうてはりました。

「あんたは薫やろ」

「お金返して」

うちはおとうちゃんと同じ名前なんです。名字は違いますけど。

怒り方がすごかったので、どういうことなのかよう聞きませんでした。

子供の頃から可愛いがってくれているお客さんに、

「酔わはるとそういうんですが、なんか知っといやすか?」と聞いたことがあります。

岡崎の家も清水の旅館もおとうちゃんの力があって買えたもの。おかあちゃんのいうことをそのまま信用していいのかわかりませんが、おとうちゃんのことを悪くいわれるのは、ちょっと辛かったです。

うちのおとうちゃんと、上二人のきょうだいのおとうちゃんが違うことは、長いこと知らんかったんです。

うちのおとうちゃんは、おにいちゃんたちも同じように可愛いがってくれて、一緒やと思てました。薫には黙っておこうと、みんなで相談したようです。

ところが、ある人がいわはったんです。呉服屋の番頭さんはええ男やったけど、その男と別れてわしが連れて行った客と仲良くなってあんたができたと。

うちは泣いて泣いて大変だったようです。

うちだけが違うというのがショックだったのかもしれません。

上の二人は字もきれいで、頭もよく、顔もいい。うちとは違う理由がわかって悔しかったのかもしれません。


お茶屋や屋形の娘は「家娘」とよばれ、よそから来た「奉公」と区別される。

京都には祇園甲部、祇園東、先斗町、宮川町、上七軒の五花街があるが、「みの家」がある祇園町の家娘は舞妓に出さない。祇園に四人娘がいる大きなお茶屋があるが、誰も舞妓に出ていない。先斗町は娘がいたら舞妓に出るようだ。

「うちは舞妓に出んでもええの?」

と、おかあちゃんに聞いたことがあります。

「なにいうてんの、あんたみたいなへチャが」

といわれました。それで高校に行ってもええと思たんです。

その頃はまだ登校拒否という言葉はなかった時代に、うちは登校拒否になりました。

落ちるはずはないと先生にもいわれていた公立高校の試験に落ちて、私立の二次試験を受けましたが、数学の証明の試験問題が間違ってたんです。

「答えが出ません」

試験官の人にいうたら、胡散臭そうな顔して教室を出ていきましたが、すぐすっ飛んできました。

そうやって入った女子高で、お化粧やお洋服の話ばかりしているのでバカにして行かなくなったんです。それで再入試を受けて公立に入り直しました。

その公立高校も落第しそうになって、もう学校には行きたくないと思いました。

それで思い出した人がいました。英会話を習っていた先生が、ご主人の仕事の関係で生まれたばかりの赤ちゃんを連れてアメリカに行かはったんです。

うちは手紙を書いて直訴しました。

もう学校に行くのが嫌で、洗濯でも赤ちゃんの世話でもなんでもするから置いてくださいと。

そしたら先生から国際電話がかかってきて、人生の経験で必要かもしれないので、薫ちゃんを来させてください。飛行機の切符もこっちで買ったほうが安いから送ります、と。

やった！　と思いました。

一九六九年、アポロ十一号が月面着陸した年です。

けどその半年後に先生一家は帰国することになりました。

新たな住み込み先も見つけて、うちは残りたかったのですが、先生のご主人に、

「あんたみたいな子は、一人で置いておくと、なにをするかわからない。連れて帰らないと十万子さんに申し訳が立たない」

そういわれました。

あのままアメリカにいたら人生が変わっていたかもしれません。

日本に帰ってきて、とりあえずなにもしたくないので、大学に行きたいというと、おかあちゃんにそこに坐れといわれました。

「あんたは高校一年のときに公立を受け直して、三年のときには落第して、高校に五年行っている。普通にいったら短大まで行ったことになる。これ以上お金はかけられません」

きっぱりといわれてしまいました。

なんかいい知恵はないかなあと思てた矢先にある男の人に出会いました。

薫さんはその相手と駆け落ちし、二人は結婚。親同士が話し合い、千万子さんが以前経営していたスナック「チマ子」を、薫さんが祇園で新たに始めた。

「みの家」の若女将となるのはそれから二十一年後。千万子さんが亡くなり、「みの家」の女将となって今年で二十一年になる。


同棲だけでいいと思てたら、結婚が決まって、親たちが店でもやらせたらということになりました。それでスナック「チマ子」を始めました。

その年に「みの家」の再興三十周年の謝恩会が開かれました。会場はもちろん「みの家」で、一度に入りきれないので、午前と午後と夜の三度に分けました。来ていただいた方にはお茶室でお茶を差し上げてから、二階でお膳を出して芸妓さんの舞を見ていただきました。

うちは受付でした。

おかあちゃんは五十三歳、母の全盛期でした。

その年はうちの結婚、「みの家」の再興三十周年、そして兄の結婚がありました。

兄の結婚披露宴に来てくれはった瀬戸内先生が、今年は「みの家」に三つの祝い事がありましたとスピーチしてくださいました。

うちは二十一歳で結婚して、別れたのは二十七歳のときでした。

昭和58（1983）年、「チマ子」にて。
母・千万子（64歳）、薫は33歳だった

# 第三章

# お座敷という表舞台

「×月×日×時、×人で」

お客さんから予約の電話をいただきました。

お客さんは「みの家」に電話をかけてきはります。昔からのお客さんは、「薫さん、空いてる?」とラインで来ることもあります。

お部屋が空いているか確認してから、芸妓さん舞妓さんの手配です。

お馴染みさんなら、芸妓さんも決まってますから、屋形に連絡します。

決まった芸妓さんがいはらへんお客さんがいます。たまにしか来はらへん人や、ずっと昔に来はったことがある人です。

「あんときの舞妓が可愛いかった」

「舞妓さんの名前は?」

と聞くと、わからんといわはります。花名刺や千社札を探す人もいます。

芸妓さんらは花名刺を持っています。愛らしいデザインの和紙でできた小さな名刺で、それをお座敷でお客さんに渡します。

千社札というのは、それがステッカーになったものです。探したけど見つからなかったというお客さんには、

「こちらで調べてみます」

といっていったん電話を切ります。

お帳面をつけてますから、十年ぐらい前のお客さんのも残っています。日にち、お客さんの名前、芸妓さん舞妓さん、飲まはったお酒……。簡単な覚え書きですが役立つときがあります。

この妓やめているわ、芸妓さんになってるわ、そんなんが多いです。

「この前と同じにしといてや」

昔からのお客さんは任せてくれはります。そうかと思うと、

「舞妓一人に芸妓一人」

この頃は人数をはっきりいわはるお客さんもいはります。

祇園で売れっ子の芸妓さんがいます。

なかなかお座敷に来てもらえません。ご指名があったときは、そんなん無理やわと思ても、お客さんにはいえしません。

「尋ねてみますが、この日一日しかあかんというのは難しいと思います。三つほど日を教えてもらえますやろか」

と答えます。屋形には、

「三十分でもええし、あきまへんやろか」

と頼みます。

舞妓は「仕込みさん」を経て、「店出し」でお披露目し、二十歳前後で「襟替え」をして芸妓になる。

芸妓の衣装は「裾引き」と「洋髪」に分かれ、裾引きは島田のかつらをかぶって着物の裾を引いている芸妓。かつらをかぶらず地毛で髪を結い、普通に着物を着ている芸妓は洋髪といって区別する。

いまは見られなくなったが、昔は座敷に出ている芸妓に馴染み客が来たという通知（逢状）が届いた。売れっ子芸妓の襟元にははみ出すほどの逢状が挟まれ、それが人気の証でもあった。

芸妓や舞妓をお座敷によぶと花代がつく。

花代というのは芸妓さん舞妓さんをお座敷や料亭によんだり、ご飯食べなどのときにかかる料金です。花代はどの芸妓さんでも同じですが、超売れっ子の芸妓さんは十分のお座敷でも一時間分をつけなあきません。

そう決まっているというか、決まり事として書いてはないんですが、昔からそうしてきたようです。古くからいた仲居さんに聞いたのかもしれません。

「舞が見たい」

というお客さんには地方《じかた》さんにも声をかけます。

芸妓さんには立ち方と地方があります。

立ち方は舞を、地方は三味線や唄を受け持ちます。舞のときは立ち方と三味線の地方ははずせません。

祇園甲部の踊りの流派は井上流ですが、踊りといわず舞といいます。

東山名所／七福神／京の四季／花笠／黒髪
趣向や季節に合わせて演目を決めていきます。

お客さんのリクエストに応じるときもあります。

出たての舞妓さんが舞えるのは、せいぜい祇園小唄か六段くずし。舞妓さんや若い芸妓さんの場合は演目が限られるので、うちが決めます。

「黒髪」は舞妓さんから芸妓さんになる前の、先笄《さっこう》とよばれる髪型のときに舞えるものです。先笄というのは成人を意味する髷《まげ》として結われてきたもので、自分の髪で結う舞妓最後の髪型です。

大きいパーティーになると、名取さん（家元からお許しを得た人）でないと舞えない演目もありますので人選が大事になります。

舞妓さんか芸妓さんか、お客さんはどっちをよんでほしいかというと、圧倒的に舞妓さんです。

招待客がいて、その方がお座敷に上がるのが初めての場合、

「舞妓が見たいので、必ず入れてや」といわれます。

舞はええ、お酌だけというなら舞妓さんです。舞を見たいお客さんは、少なくなってきたと思

います。舞妓さんは子供なので芸妓さんだけがいいという方も中にはいはります。

お客さんも、芸妓さん舞妓さんを一回よんでみたいという人と、大散財はできなくても続けて遊びたい人に分かれるような気がします。

ご指名がない場合、どの妓にするかはうちの裁量になります。お客さんはきれいな妓がええというのはわかっています。

「考えてみ、同じ花代やで」

はっきりいわはる方もいはります。

「ごもっとも、努力いたします」とお返事するしかありません。

そこまではっきりいわんでもええのになあと、情けない思いをすることもあります。

「顔だけやおへんえ。気は可愛いらしいのどす」というても、

「いや、見た目や」

はいはい、わかりました。姿のええ妓は得です。舞妓さんの間は可愛いいで通りますが、芸妓さんになるときれいな妓がええんですね。

うちのおねえちゃんがきれいだったので、女として生まれるならきれいがええと思てました。お気持ちはようわかります。

それでも、内面にも目を止めてくれはるお客さんに出会うと、ええ人やなあと思います。

黄昏刻《たそがれどき》になると門に打ち水をして、夏なら葦戸《よしど》と御簾《みす》の夏座敷で客を待つ。軒下の提灯やお座敷に灯が灯り、お茶屋は慌ただしくも活気のある時間を迎える。お座敷で料理を味わうこともできる。お茶屋では料理を作らず、仕出し屋に頼む。仕出し屋というのは、注文を受けて料理を作って配達してくれる店で、料理に合わせた器も全部用意してくれる。

「お台所」は炊事場ではなく事務所などを兼ねたところで、表のお座敷に対して裏方がいつも忙しく働いている。

お料理は大抵「菱岩」さんか「川上」さんですが、どっちも断られたときは近所のお料理屋さんにお願いします。お花見のときは、季節のお弁当も作ってくれます。

宴会のときは配膳さん（紋付袴姿で宴席のサービス全般を担当する人）に来てもらいます。うちはお座敷の挨拶がありますし、手伝いの子では無理です。手伝いの子は配膳さんの下働きで洗い物をしたり、お酒をつけたり、ビールの栓を抜いて襖の手前まで運びます。

ビールはサッポロ、日本酒は料理に詳しい漫画原作者の先生おすすめの白鷹です。それ以外のお酒がいいといわれたら、すぐに近所の酒屋さんが届けてくれます。

好みのワインやシャンパンを持ち込むお客さんもいはります。

これ、と手伝いの子をよび止めました。

「立ったままはあかん」

ビールを立ったまま手渡そうとしたからです。そこから教えんなりません。

伝票にお客さんの名前と人数を書いて、突き出し（お通し）やミネラル、アイスを忘れずつけるように手伝いの子にいいます。そうこうしているうちに、

「おかあさん、おおきに」

と芸妓さん舞妓さんが到着します。

お茶屋の女将や屋形の経営者は「おかあさん」とよばれます。先代の女将がいたら「大きいおかあさん」です。

女将は若くても「おかあさん」、芸妓さんはどんなに年をとっていても「おねえさん」です。それでもおかあちゃんの代からうちを知ってる芸妓さんは、うちのことを「おねえちゃん」とよんでくれます。

お茶屋に来た芸妓さんらは、お台所に立ち寄ります。

お台所は茶の間にも芸妓さんの控室にもなります。

芸妓さんらが何人かのときはそこで顔合わせをします。他に誰が一緒かは事前にはわかりません。みんな賢いので誰と一緒でもその辺は上手にやってくれます。

お馴染みさんの場合は、「今日は××さん」と芸妓さんらに伝えます。

大きな宴会やお祝いの会は前もっていいますが、事前に屋形にお客さんを知らせることはあり

ません。

「昇進祝い」なら「偉ならはったんや」、「今日はホールインワン」なら「ゴルフしてはったんや」と、芸妓さんらは直前もしくはその場でお客さんや宴会の趣旨を知ります。

お座敷には上がらず、お台所の客とよばれる人がいます。

若い頃からのお馴染みさんで、大抵通い慣れている方です。お座敷がいっぱいのときはもちろんですが、空いていても居心地がええのかお台所でお酒を飲まはります。

どういうお客さんがええお客さんか、ですか？

それは人気のある芸妓さんと同じです。つまり座持ちがよく、気も遣ってくれて、楽しく遊ばせてくれる人です。飲める妓には、「好きにお飲みや」とお酒をすすめてくれて。

出世する人がわかりますか？　とよく聞かれます。

そんなふうにはお客さんを見ていません。遊び慣れてるかどうかはある程度わかります。引き際が鮮やかというか、引き上げ方を知ってる人は慣れたはると思います。

上手にお茶屋遊びをするコツは、知ったかぶりをせず、女将なり仲居さんに任せることです。いうとしたら人数と予算ぐらいで。その予算の中でいちばんええようにさせてもらいます。

初めてのお客さんのお座敷に入って、自分でお話をするのが好きな方なのか、人の話を聞くのが好きな方なのかがわかります。

難しいお話をされていたら、黙ってお酌だけして。

気を遣うのはお客さん相手にだけではありません。

芸妓さん舞妓さんにも気を遣います。

喋ってない舞妓さんがいたら話の中に入れてあげて。

出たての舞妓さんは最初は坐っているだけですが、それだけでも絵になります。

花かんざしや豪華な衣装もお座敷の話題になります。


日本各地に花街はあるが、舞妓がいるのは京都だけ。

お引きずりの振袖にだらりの帯、刺繍の半襟におこぼ（ぽっくり）が舞妓の基本の姿。

着物の柄や髪型は年数によって変わっていく。

舞妓の花かんざしも正月が稲穂、一月が松竹梅、二月が梅、三月が菜の花……というように毎月替わる。

舞妓になっても一年は上唇に紅は塗らない。

そうした伝統やしきたりは不文律で、昔と変わることはない。


見る人が見たら、姿や髪型でその妓のキャリアがわかります。

だらりの帯のたれには屋形の家紋が入っているので、お茶屋の女将はどこの屋形の舞妓さんかもわかります。

そういうところは昔から変わっていません。

出たての舞妓さんは最初はぎこちなくても、お座敷の雰囲気に慣れると飲み物にも気を配るようになります。

舞妓さんは子供、芸妓さんは大人。それぞれ役割分担があり、舞妓さんは喋り過ぎず、芸妓さんは場を仕切ります。

うちが舞妓さんに注意することはありません。芸妓さんにもお座敷ではしません。注意するのはお客さんにつられて言葉遣いが横柄になったときです。慣れは怖いので横着になったときはひと言いいます。

お座敷で目で合図を送るときもありますが、通じなければ廊下に出たときにいいます。縦割り社会が浸透しているので、うちが口を出さなくても行儀にはうるさいです。

お座敷に入っただけで上下関係がすぐわかるんですね。いちばん大きいおねえさんが中心になって仕切り、他の妓はおねえさんを立てる。

どの妓も場を見て判断して、おねえさんがいると大人しく、一人のときは一生懸命お話をする。十代、二十代でようやっていると思います。

芸妓さん舞妓さんは年齢に関係なく、一日でも早く店出ししたほうがおねえさんです。自分よりおねえさんにあたる芸妓さんが先にお座敷にいたら、お客さんに挨拶したあとで、

「おいでやす、おねえさん」

とおねえさん一人一人に挨拶します。自分があとから入ってきても、おねえさんには「おいでやす」です。おねえさんより先にお座敷を出るときは、

「お先いどす、おねえさん」

と大きいおねえさんから順に挨拶します。

おねえさんに失礼があってはいけませんが、お座敷はお客さんあってのもの。なにはともあれお客さんの機嫌を損ねてはいけません。

こんなことがありました。

芸妓さんになりたてのきれいな妓がいたので、お客さんが気に入らはると思てお座敷によびました。

忙しいときでお茶室に案内して、うちは他のお座敷に挨拶に行きました。

しばらくしてお茶室に戻ったら、その芸妓さんがしくしく泣いていました。

「またきついこといわはったんどすか」

とお客さんに聞いたところ、

「行儀悪いことをしたので、帰らしてくれ」

といわれました。

芸妓さんはかつらですが、かんざしをはずして頭を掻いたそうです。そんなことはしないと思

「みの家」の夏座敷。

いますが、お客さんにはそうしたように見えたんでしょう。人前で髪の毛を触るのは行儀悪いといわれて謝るしかありません。

どうにかなだめて、芸妓さんは二階のお座敷に行ってもらいました。

うちがその場にいたら、もうちょっと上手に対応したかもしれません。


現在祇園甲部にあるお茶屋五十九軒のうち、屋形も兼ねているのは八軒。屋形だけやっているのは二軒。

屋形に住み込んだ修業中の仕込みさんは掃除や洗濯、お使いなど、いわれた雑用をこなしながら、八坂女紅場学園に通い、日舞や三味線、茶道などを習う。おねえさんたちの着物の着付けも手伝い、着物の生活にも馴染んでいく。その間の衣食住は全部屋形が面倒をみる。

一年ぐらい経って店出しをして舞妓になる。


店出しは、まず引いてくれるおねえさんが決まります。

妹分を持つことを「引く」といいます。××ねえさんに引いてもらって舞妓になりました、というように。

「よろしゅうおたの申します」

おねえさんと妹はお盃を交わして、祇園町にいる限り、おねえさんは妹の面倒をみることになります。

次は見習い茶屋です。

一か月ほど、実際にお座敷で見習いをします。

仕込みさんのときは、おねえさんの籠を持って玄関まで送るだけなのでお座敷には上がりません。見習いとなって初めてお座敷に上がります。

歩き方や坐り方に始まり、挨拶の仕方やお酌のタイミング、座卓の上にあるお盃洗《はいせん》の使い方も教えます。

お座敷で芸妓さんらはお酒はいただきますが、料理を口にすることはありません。

床の間を背にしているのが、いちばん偉いお客さんということも教えます。

毎日通わせて、いろいろ教えんならんので責任は重いです。

昔はよく見習い茶屋を引き受けていましたが、頼まれてた屋形が廃業してからはなくなりました。

この時期は、だらりの帯の半分の長さの帯を締めているので「半だらさん」とよばれます。

いよいよ店出しの日には、屋形の玄関先に目録とよばれる鮮やかなお祝いの紙が貼られます。

おめでたい絵柄で、屋形のおかあさんやおねえさんが、役者さんらご贔屓に頼んでいただくものです。有名人からいただけば、それだけ店出しが華やかになります。

店出ししたばかりの舞妓さんにはまだお客さんがついていません。

「ちょっとお座敷よんであげとくれやす」

おねえさんやおかあさんはご贔屓に声をかけて新人の舞妓さんを守《も》り立てます。


店出しの最初の三日は正装の黒紋付、次の三日は色紋付、それからは季節の着物になる。

その後、襟替えをして舞妓から芸妓になるが、舞妓の赤い長襦袢の襟が白になるので「襟替え」という。

襟替えと同時に年季が明けて自前になる妓もいれば、しばらく経ってから自前になって屋形を出る妓もいる。

お茶屋遊びはお茶屋で楽しむこと全般を指すが、その中にお座敷遊びがある。お座敷遊びは芸妓をよんでお座敷に興を添える遊びのこと。


「お座敷遊びをしたい」

と予約の電話のときにいわはるお客さんがいはります。テレビの影響か、以前より多くなりました。それだけのために来はる人もいはります。

代表的なものでは、金毘羅船船やとらとらがあります。

金毘羅船船は、お客さんと芸妓さんが向き合って坐り、三味線に合わせて手を出し間違えた人が負けで、お酒を飲むというもの。

とらとらは、ジェスチャーを伴ったじゃんけんで負けたらお酒を飲みます。

「おにいさんの負けや」

芸妓さんにいわれて、お座敷の雰囲気は盛り上がります。

チャリ舞という、ちょっとエッチな舞は、昔やってたように思います。

お座敷が盛り上がって、酔いが回って、ビールをこぼさはるお客さんがいはります。芸妓さん舞妓さんの高い衣装にかかったら大変です。畳も汚れますし、きれいに拭かないと芸妓さんらの着物の裾も汚れてしまいます。

「悉皆《しっかい》代よろしおすか?」

悉皆屋さんというのがいまもあって、着物の染み抜きをしてくれます。みなことごとく……と書くように、着物のことならなんでも相談に乗ってくれます。

悉皆代はいいやすいお客さんとそうでない人がいます。

「悉皆代って書かんといてや、上乗せしといてや」

そういわはるお客さんもいはります。できるだけいわれた通りにいたします。

悉皆代をいただく場合は、うっとこの取り分を少なくします。ほんの少しの額でも、うちの気持ちの問題です。お客さんは知らはらへんでもええのです。

「おあとはどうされますか?」
宴もお開きになる頃、お客さんにお尋ねします。頼まれれば、二次会の段取りやおとも(車)の手配もします。
後日請求書を送りますが、明細は書きません。
お花代
ご飲食代
宴会ご祝儀立て替え
税金
合計
以上です。

京都の五花街の保存と伝統文化の継承に取り組む「おおきに財団」では、お茶屋遊びの料金の大まかな目安を出している。六時から八時の宵で、芸妓一人舞妓一人をよんで、料理と飲み物で、客三人の場合の一人あたりの料金は四万八千円。

後口で料理がいらなければその分安くなる。

お座敷遊びをしていると、電話ですと手伝いの子がよびに来ました。

「芸妓さんがまだ来はらしません」

よそのお茶屋からで、店借りの芸妓さんがお座敷に到着していないというのです。大事なお客さんを待たしているのか、女将さんはものすごい勢いで怒ってはります。

「帳面には、確かに十時からて書いてあります」

とりあえずそういうしかありません。引き受けるかどうかの判断をしたのは芸妓さん本人です。十時には行けない宴会を引き受けるその妓もその妓……ということはいえません。

芸妓さんの顔をつぶすわけにはいかないのです。

「お客さんが来はったと、メールも打ってあるんです」

といって、もうちょっと待ってくださいと謝るしかありません。

顔を立てる、顔をつぶすというのはこの世界では重大なことです。お客さんはもちろんですが、芸妓さんも舞妓さんも。

となると話を受けたうちが悪いということになってしまいますが……。

いえへんことばかりです。

そういうときに誰か愚痴れる人……と思ても、ないものをいうてもどうにもなりません。

芸妓さん舞妓さんを手配するのは、お茶屋にとって大事な仕事です。

予約なしのお客さんが来られて、芸妓さんを名指しされたときは屋形に確認します。

「ふられました」というときもあります。

「誰でもええ」といわれたら、大勢芸妓さんを抱えている屋形から順に電話します。祇園甲部には大きい屋形が三軒あります。

「どなたかこれからお願いできませんか」

そうやっていつも助けてもらっています。

会社の創業何十年のパーティーや旭日章受章祝いとなると、うっとこは狭いので大きな宴会場になります。

若い頃から方向音痴で、違うお座敷に入って恥をかいたことがありました。

宴会の人数によっては「みの家」でも受けられます。高齢化社会を反映してか、長寿のお祝いは還暦祝いは少なくなって古希からになりました。

瀬戸内寂聴先生のお誕生会を受けたことがあります。

おかあちゃんがまだ健在のときで、孫の結婚式があった日でした。おかあちゃんは黒留袖、うちは色留袖を着て行きました。

五月でしたが、障子や襖をはずして夏座敷にしました。高膳（お膳に脚がついているもの）にしたほうが人数が坐れて、芸妓さんらは対面でお酌ができます。

編集者や先生のご贔屓の妓が集まって賑やかな祝宴になりました。

瀬戸内先生が文化勲章を受章されたときです。

東京と京都で手打ちがありました。

手打ちというのは祇園町特有のもので、会社の創立記念や襲名披露といったおめでたいお祝いのときの出しものです。揃いの黒紋付の正装の芸妓さんが、頭に笹りんどうの紋のついた手拭いを乗せて、紫檀の拍子木を打ちながら舞台に登場します。

練り歩く芸妓さんは数人から十数人、地方さんから鳴りものを合わせると、多いときは三、四十人になります。

手打ちを仕切るのはお茶屋の仕事です。

そんな大層な出しものはこれまでしたことがありません。

おかあちゃんも亡くなって、相談できる芸妓さんも一線を引いていました。

そもそも舞とは違います。

初めてのことで、どうすればいいかわからず、頼らしてもろてるお茶屋の女将さんに相談に行きました。

段取りもご祝儀も全部教えてくれはりました。

祇園町に限らずかもしれませんが、なにをするにも順番が大事で、それを間違えるとややこしいことになります。

当日はホテルの宴会場の照明を落として、ペンライトで静まり返った中で一斉に拍子木が打たれ、厳粛な空気が漂いました。楽屋も独特の雰囲気で、いつもとは違います。ものすごく気を遣いました。

大袈裟にいえば死ぬかと思いました。

緊張は芸妓さんも同じで、普段冗談をいう妓がひと言も口を利きません。緊張がけた違いなんです。

芸妓さんたちには、この日は手打ちといいました。名取さんしかできないので、よっぽどのことがない限り断れません。芸妓さんにしてみれば、前もっていわれないと難しい演目もあります。

おかげ様で無事に終わりました。

うっとこの店借りさんは一人が名取、もう一人は三味線の上手な妓がいるので、よく声がかかります。

お茶屋の馴染み客は、飲み代や食事代、土産やタクシー代まで全部つけにして財布を持たずに遊べるのが銀座のクラブなどと違うところ。客の立場からすれば、お茶屋の馴染み客になるのは、氏素性や職業などがきちんとしていると認められた証になる。祇園のお茶屋は一見さんお断りとなっている。

祇園甲部の芸妓さんは六十八人、舞妓さんは二十八人で、五花街の中で芸妓さんも舞妓さんも数では祇園甲部がいちばん多いです。

五花街はそれぞれ特徴がありますが、花街によって舞が違います。祇園甲部は井上流、祇園東は藤間流。先斗町は尾上流、上七軒は花柳流、宮川町は若柳流です。

上七軒はいちばん歴史が古く、先斗町は粋、宮川町は気楽に楽しめるというように、花街のカラーがあるので、好みで行かはったらええと思います。

昔、スナック「チマ子」をしてたときは、祇園が一番で、それが当たり前のように思てました。そういわはるお客さんが多かったからです。

けど、どこが一番、二番というものでもないと思います。

どうしても舞妓さんが見たいというお客さんがいはったとします。

けど祇園甲部は無理というときは、祇園東や宮川町に頼むことがあります。

そうやって助けてもらっています。

うっとこのお客さんが「一力」さんに行きたいという場合があります。

有名なお茶屋さんなので、そういうお客さんはいはります。

「お部屋が空いてるか聞きますね」

とお客さんにいい、空いてたら紹介します。「一力」さんには、お客さんのお名前と日にちと人数を伝えます。

「ご贔屓さんはいはりますか?」と芸妓さんのことを聞かれたら、

「××さんと××さん、空いてたらお願いします」と知らせます。段取りだけして、うちはついていきません。宴会が済んだら、「一力」さんがうちに請求書を持ってきはります。「一力」さん立て替え分として、うちからお客さんに請求書を送ります。

他のお茶屋同様、「みの家」も一見さんお断りですが、それには理由があります。

一つにはお茶屋は暮らしの場でもあります。

家族が住んでいたり、うっとこのような女所帯もあります。

お座敷がハレなら、暮らしはケ。それが同居しています。家の座敷ですから、知らない方を上げるわけにはいきません。ご常連さんのプライバシーを守るためにも知らない方はお断りします。

もう一つの理由は、支払いは全部立て替えです。

料理やお酒、花代、ご祝儀、タクシー代……。その請求が全部うっとこに来ます。昔は年払いで、大晦日にお客さんが一年分の支払いに来はったそうです。それが節季払いになり、三か月ごとになり、いまでは翌月請求になりました。

それでも信頼関係がなければ立て替えられません。

「いま現金で払うからいくらや」

そういわれても、とりわけ花代はすぐに計算できません。

昔は花代やご祝儀は暗黙の了解というか、最低の線がありました。

花代というのは屋形を出てから戻るまでの時間に対するものです。次のお茶屋に行くまでに「写真撮らせて」といわれて三十分ぐらいずれることもあります。すぐにわかるものではありません。計算して後日請求書をお送りします、ということになります。

# 第四章

# おかあちゃんのこと

うちは離婚したあともスナック「チマ子」を続けて、「みの家」は帳面だけしていました。スナックをやめたのは、保護者のようなお客さんから、スナックで遊んでる場合やないといわれたからです。

おかあちゃんが、ぼけはったんです。

認知症という言葉があったかどうかわからないときでした。しょっちゅう忘れることに、古くからいたお富さんや常連のお客さんは早うに気づいたはりました。うちがいちばん気づくのが遅かった。というか認めたくなかったんですね。同じお部屋で、おかあちゃんは宴会に行くための化粧をしていて、うちは机で帳面をしてたときです。おかあちゃんが何回も同じことをいわはったんです。うちはうっかり、「何回同じこというの?」といいました。そしたら「そんなきつういわんでも」と泣かはったんです。しもたと思いました。認知症の人が同じことをいっても、そういってはいけなかったんです。お富さんはおろおろするし、おかあちゃんには宴会に行ってもらわなあかんし、背中をさすってなだめました。

それで認めるしかありませんでした。

おかしいなあと思てから、七、八年は在宅介護しました。最初の頃に京大病院の先生を紹介してもらって、母を連れて行きました。

その先生は大きな声でものをいわはる方でした。母はビクビクして怖がりました。いい方がきついんやなと思うと同時に、認知症の人は環境の変化を恐れるというのを思い出しました。うちで看ますといって母を連れて帰りました。

その入院中の検査で、喉頭がんと胃がんが見つかりました。

お医者さんは、

「年やし、ぼけてはるし、手術はせんでもええのと違うか」

といわはりました。そんないい方はないと思て、

「ぼけた老人は手術もしてもらえへんのどすか？　検査も苦しかったようで、また同じ検査をさせるのは忍びないです。手術してもらえるとこを紹介してもらえませんか？」

と半分ケンカ腰でいいました。

「それ以上いうたらあかん」

付き添ってくれた人に止められて、帰りのタクシーに乗った途端ぽろぽろ泣きました。

おかあちゃんは意味がわかってないらしく、うちに帰れるのが嬉しいようではしゃいでいます。

これからどうしようと途方に暮れました。

「みの家」は連日満室の予約が入っていた。千万子さんは夜中になると元気になって寝ようとしないので薫さんは睡眠もとれない。

瀬戸内寂聴さんはじめ周囲の人は「薫ちゃんが倒れる」と案じ、千万子さんを病院に入れるようにすすめた。


ふと、ある先生を思い出しました。

その先生の奥さんは井上流の直弟子さんで、うちも知ってる方でした。

先生の病院におかあちゃんを連れて行ったら、

「全部いわんでもええ」と。

家の事情も全部知ってるから、それ以上いわなくてもいいというてくれはったんです。

先生はおかあちゃんのおなかをうちに触らせました。たんこぶのような塊がありました。

これは手術できないといわれました。

それで流動食にする処置をする、と。いまでいう胃ろう（人工栄養補給法）ですね。

その処置をうちが覚えるために、おかあちゃんは一週間入院しなければなりません。仕事が終わって電話をくれたら、夜中の二時、三時でも通用口を開けるように守衛にいっておくからと、先生はてきぱきと段取りを決めてくれました。

長い管の取り付けや、消毒やガーゼをあてたりということができるようにならないといけません。

ところが、うちは鈍くさくて一週間経ってもできません。

その間に、おかあちゃんは夜になると、隣の部屋の男の人を起こしに行くんです。

「旦那さん、旦那さん」

「今日はおビールですか？　お酒ですか？」

患者の習性ですが、された人は気味悪いでしょう。

両隣の部屋からは、おかあちゃんが退院するまで外泊するといわれました。

「すんまへん、あと三日で終わるようにしますので」と頭を下げました。

うちが遅くなったときは、おかあちゃんがベッドに縛られてることもありました。

かわいそうでしたが、しゃあないと思います。病院が悪いのと違う。うちがいないと隣の部屋に行ってしまうんですから。

申し訳ないのと、おかあちゃんがかわいそうという気持ちでいっぱいでした。

入院すると、家ではしないことをするのがわかって、家で看るしかないと思いました。

薫さんが「チマ子」をやめて「みの家」に戻ったのは平成五年。旅館「吉むら」を閉めたのがその三年後。千万子さんが亡くなったのが平成九年。

千万子さんは一年間「みの家」で暮らした。

二階の、いま事務所に使っている「かぼちゃ」という部屋で寝起きしていた。

家で点滴をするようになって、モルヒネの座薬を持たされました。

「痛いといったり、痛そうな顔をしたら、我慢しいといわんと、すぐ入れてあげなさい。痛みを感じさせないのも親孝行や」

と先生にいわれました。

帯の間に座薬を入れて宴会に行きました。

あの頃はポケベルで、それが鳴ったらお座敷でいちばん大きいおねえさんに、

「すんまへん、ちょっと帰らなあかんので、あと、おたの申します」

といって急いで戻りました。

いつポケベルが鳴るかと思うと気が気でなかったです。

うち以外の人が下着を脱がせると嫌がるので、夜もパジャマのポケットに座薬を入れてました。

家の事情も全部知ってる先生がいはらへんかったら、どうなっていたことか……。

先生は自宅の電話も教えてくれはって、何時でも電話してこいというてくれはりました。電話番号を大事にお財布に入れました。

その翌日でした。

おかあちゃんが、眠るがごとく……でした。

夜中に手をさすっていて、うとうとしてしまいました。あ、寝てしもた、と慌てて起きました。

そしたら様子がおかしいのです。

すぐに先生に電話しました。

玄関の鍵を開けて、電気をつけなさい。服に着替えてから、おかあさんのそばにいて、もう一回手を握ってあげなさいと、先生はてきぱきと指示されました。

そしてすぐに駆けつけてくれました。

お医者さんは患者の死期が近いことがわかるんでしょうか。

「納得してないかもしれないが、寿命が半年延びたのは、胃ろうにしたからやと思てくれ」

といわれました。

ちゃんと看取ったというてくれはる人もいますが、十分してやれなかったという悔いがいまでも残っています。がんは仕方ないにしても、認知症はもっと本を読んで勉強すればよかった。

いくらしても悔いが残るのが介護かもしれません。


当時薫さんはよく食べ、よく飲んでいたにもかかわらずガリガリに痩せていた。

飲んでいないとやっていられない状況でもあった。

その最中、薫さんに子宮筋腫が見つかる。

薬で一年延ばしてもらい、翌年手術した。


うちがおかあちゃんのことで頭がいっぱいだったので、

「子宮を取るんですよ、わかってますか？」

とお医者さんに念を押されました。

あのときも辛かったです。

おかあちゃんになんぼいうても、朝電話をすると、

「あんた、どこにいるの？　早帰《はよ》ってきてな」といわれました。

ものすごくだだをこねはったら、おかあちゃん付きの家政婦さんに病院まで連れてきてもらいました。

「あんた、どこが悪いの？」

ベッドで横になっているうちにおかあちゃんが聞かはりました。筋腫という病名をいうてもわからないと思い、

「ちょっと頭が……」

「早治しや」

といわれました。

あんなに賢かった人がこうなるのかと、なんともいえない気持ちになりました。

おしっこになかなか行ってくれへんようになって、パンツを汚さはったりして……。それからおしめに替えました。

夜中になると急に元気になって、二階から下りてきて散歩に行こうというんです。

うちは明日も店があります。夜中に散歩なんて行けません。

一階のお花を二階に持ってきて廊下に並べました。外を散歩しているように三回回って、そそろ帰ろかというてくれたら御の字です。十回続いたときはうちの足が痛くなりました。

寝巻を着ないで庭に立っていたこともありました。

夜中に仕事を終えて清水の家に帰ったら、つつじのそばにおかあちゃんが裸で立ってはったのです。酔いが一気に醒めました。

それでも怒ったらいかんと思て、

「おかあちゃん、さぶないか？」

後ろから身体を抱きかかえました。身体は冷たくなってました。離れのお布団のとこに連れて行って、

「これ着よか」

と寝巻を着せて寝かせました。それから門のとこに鍵を取り付けました。

鍋を焦がしたこともあります。

離れに帰ったら、焦げ臭い匂いがしました。ガスの火に鍋がかかったままでした。慌てて火を止めて鍋を水に浸けました。

「おかあちゃん、おなか減ったんか？」

「減った」

「おかゆさんでも作ろか」

自分で作ろうとしたのかもしれません。それでガスを止めてもらいました。介護疲れもあって、いろんなことが重なってうちが泣いてたら、

「また学校でいじめられたんか?」と慰めるようにおかあちゃんにいわれました。

「明日、学校の先生にいうてあげる」

うちが小学生のときに戻っているのか、それでも泣いているのはわかったんでしょう。「ありがとう」といいながら、余計に泣けてきました。

清水の家に帰ってくると、おかあちゃんが寝てはる離れにまず寄りました。あるとき、大音量でテレビをつけっぱなしにして、おかあちゃんはいびきをかいて寝たはりました。

その日はお座敷でもいろいろあって、疲れもピークに達していたのでしょう。いろんな感情が込み上げてきて、ふと、いびきをかいているおかあちゃんを手にかけそうになりました。

けどすんでのところで思いとどまりました。もちろん大変でしたが、夜の徘徊や行方不明になることはありませんでした。大ごとにはならず、ギリギリの線を保ってくれたから、なんとか持ちこたえられた。

その線を越えられたら、うちもどうなっていたかわかりません。手にかけるところまで追い詰

められる人の気持ちはようわかります。

あの頃は母親になったり、看護師さんになったりと、忙しおしたねえ。よう身体がもったと思います。けど忙しかったから気が紛れました。仕事もせんと介護だけなら精神的にまいっていたかもしれません。

月のうち一週間は嫁いだ姉が看てくれたり、仕事で遠出のときは「吉むら」で働いていたおきみさんに泊まってもらったり、「みの家」のお富さん、手伝いの子らみんなに助けられたので家で看取ることができました。

おかあちゃんのことは隠していたわけではないですが、おかしいなあと思われた人はいたかもしれません。

おかあちゃんが亡くなって、泣いたのはあとになってからです。

仮通夜、お通夜、葬式と、三日間寝ていませんでした。

新仏になってお骨で帰ってきて、納骨までの間、ろうそくやお線香の火を絶やしてはいけないんです。精進料理やお茶のお供えもしないといけません。

おかあちゃんがまだ生きていて、お世話をしているようでした。

お線香は一時間半もつのを使っていましたが、火を絶やしてはいけないので夜中に目覚ましをかけました。

泣いて悲しんでいる暇がないんです。

仏さんの供養というのは、生きてるうちらのためにあるのかもしれないと、お富さんというてました。

千万子さんが亡くなったのは六月一日。葬式は「みの家」から出した。夏の喪服の芸妓や舞妓が通りにずらっと並び、観光客が思わず足を止めるほどだった。

弔辞は瀬戸内さんが読んだ。

瀬戸内さんは昭和四十八年に仏門に入り、寂聴を名乗るようになったが、出家のことはほとんど内密だった。それを千万子さんには打ち明けるほどの間柄だった。

在宅介護で看取った薫さんを、「本当によくしたわね。偉かったわね」とねぎらった。

葬式が終わって、毎日新聞一面の「余録」に千万子さんと薫さんの在宅介護のことが載った。

千万子さんと面識のあった記者は「気配りの行き届いた聡明な人」と書いた。

それを読んだ全国の読者から、「みの家」に手紙が届いた。

おかあちゃんが死なはってから、カチンときたことがあります。

「似ないでよかった」

とある人にいわれました。千万子さんと違って、あんたは謙虚やし……と。

死んでからでも、こんなふうにいわれないかんのかと思いました。

おかあちゃんをええようにいわはらへん人はいるでしょう。

祇園町で目立ったと思います。男を取り替えて、子供を三人産んで、瀬戸内先生の小説のモデルになって。お茶屋だけでなく、旅館やバーも経営して、よそ者が成功しておもしろくない気持ちもあったでしょう。

母は人の目や人の口をあまり気にしない人でした。

手の指だけでは足りず、足の指まで使って数えなければいけないほど、男の人がいた？

さあ、どうでしょう……。

この人もそうやったんかと思たことはあります。新仏のときに来てくれはった人で、三人ぐらいいます。みんなおかあちゃん好みのええ男でした。

母の恋愛は全部は知りません。子供にはいいにくいもんどすやろね。


千万子さんが亡くなって四億二千万円の借金が残った。

バブルがはじける直前に、それまで賃貸だった「みの家」の土地と家屋を買い取ったときのものだった。

おかあちゃんの最後の恋人が、子供たちもそれぞれ独立してるし、「みの家」を転売してハワイで悠々自適に暮らそうと持ちかけたんです。

ところがバブルがはじけて転売なんかできない。

「破産しなさい」

ある人はうちにいいました。

破産したら、祇園町に住めへんようになると思いました。京都生まれでないおかあちゃんが養女に来て、苦労して自分の店を持った町です。母を祇園で見送ってあげたいと思いました。

うちとおにいちゃんが連帯保証人になっていました。

兄は家庭があり、子供もいます。

「保証人は、うち一人ではあきませんか?」

しつこう銀行の人にいいました。そしたら兄をはずしてくれはりました。

借りたものはきちんと返さなければいけません。ひとりぼっちのうちが野垂れ死にしようがどうなってもかまわない。

「すってんてんになるぞ」

「ひょっとしたら命まで取られるかもしれないぞ」

みんなにいわれました。

おにいちゃんを守ったつもりはないんです。おにいちゃんは男で年上なので、うちよりもっと責任をとらされるかもしれない。きょうだいもろともより、責任を負うのは最小限に食い止めたい。それが道理やと思います。

おにいちゃんは知らない話かもしれません。

鉄板焼きの「楼蘭亭」は地上げにあってやめたんですが、「吉むら」をまず売って、それでも月々の返済が大変でした。利息だけで月に七十五万で、ちっとも元金が減らない。

地団駄踏みました。

こんなに働いてるのに、なんで？

お金を借りている銀行の人に、

「四億二千万ってどれくらいどす？」

と聞いたことがあります。見当がつきませんでした。段ボールでこれくらいと説明してくれましたが、ぴんときいひんかった。実際にお金を見たら、大変な額とわかって怖気づいたかもしれません。

うちが持っていたマンションも数千万の預貯金もなくなりました。

月末になると、利息の支払いに追われました。

「もう、売るものないか？」

古いお客さんは、月末になると心配して来てくれはりました。掛け軸やら、うちのええ着物やかんざしやら、お金に換わるものは全部売りました。掛け軸はおかあちゃんがええのを持っていたので、おかあちゃんにいい含めて売りました。

借金のことを知ってる人は、

「なんで瀬戸内先生に相談しないの?」

と不思議がりました。

「薫ちゃんがいえないいなら、僕がいってあげる」という人もいました。けど相談したら先生は断れないと思たんです。

先生に限らず、誰かに助けてほしいということはありません。無理やと思いました。助けてもらえる金額じゃない。

「百万か二百万、貸してください」

そういうたらその人とは縁が切れます。それならいわんほうがまし。

そもそも百万、二百万では焼け石に水でしょう。

結局、店のお客さんで一部上場企業の元社長に、「みの家」の家主を探してもらいました。家主の方も、探して間に入ってくれはった人も恩人です。瀬戸内先生に「恩義を忘れてはいけない」といわれました。

借金を引き受けようと思たのは四十代で、うちがまだ若かったからでしょう。

認知症になった母を責めることはあっても、借金のことで母を責めたことはありませんでした。

銀行がいちばん悪いといわはった人もいますが、誰が悪いのでもない。

あの頃は何度も、銀行の預金通帳からお金がどんどん減っていく、どうしようという夢を見ました。

十数年かかって、五十九歳で借金を返し終わったとき、ちょうど徳島で流《なが》れ政之さんの彫刻展の開会式があって、瀬戸内先生によんでもらいました。

二次会の席で、

「報告があります、借金を返し終えました」といったところ、

「おめでとう」と喜んでもらえました。

薫さんがくも膜下出血で大動脈瘤破裂になったのは、借金の返済中だった五十二歳のとき。

当時は「みの家」の近くのマンションから通っていて、お富さんから電話があったとき、呂律《ろれつ》が回ってないといわれました。

「救急車をよんで、すぐ手伝いの子を行かすから」

お富さんがいうてることは理解できたのですが、電話を切ってからも頭がものすごく痛い。はたと気づいたのは、部屋の鍵を開けないと手伝いの子が入れない、パジャマの下にショーツをはいてないので、病院に行って恥ずかしいということでした。気分も悪くて戻しそうになったのですが、床を汚したら自分で拭かなければいけないのでトイレまで我慢して駆け込みました。

頭は割れそうに痛いのに、いろんなことを考えました。

仰向けに寝ていて、不動尊の真言を唱えていたおかげで助かったと、あとからいわれました。気を失っていたら危なかったかもしれないようです。駆けつけた手伝いの子は、お不動さんの真言は知りませんから、うちがわけのわからないことをいうて気がふれてしまったと思たかもしれません。

救急車が着いて、救急隊員の人に名前を聞かれて、ここの病院に行きたいと伝えました。まだ病院に着いていないから、気は許せないと思いました。

救急車の中でも気分が悪くなって、

「すんまへん、戻したいんです」

「ここに戻してください」

「けど、汚してしまいます」

救急隊員とのやり取りを聞いていた手伝いの子は、救急車が汚れるのは当たり前で、急病人が気を遣うなんて、どんな神経しとるんや？　と思たそうです。

ようやく病院に着いて、看護師さんの白いユニフォームが見えました。雨があたってたので、うちの顔にカルテの板をかざしてくれはりました。

ほっとして、助かったかもしれないと思いました。あとのことは覚えていません。

気がついたら次から次へといろんな人がお見舞いに来てくれました。

瀬戸内先生も来てくださって、

「手術は済んだんですか？」と聞いたら、「済んで、もう三日目よ」といわれました。

ひと月で退院できたのはラッキーでした。

仕事にもすぐ復帰しました。けどその夏から鬱になってしまったんです。

誰を恨むでもない、全部自分のせいです。なにかあっても、そう思うことにしています。なかなか治らず、八年かかりました。

くも膜下で入院したときは、スナックを手伝ってもらっていたまつよちゃんに、「みの家」にも来てもらいました。

ちょうどその頃、「みの家」を任せていたお富さんの心臓の具合が悪くなったんです。

それでおにいちゃんが、

「『みの家』を閉めるで」

といって病院に駆け込んできました。うちが入院し、お富さんも病気では続けるのは無理と思たんでしょう。

「なに考えてるの」と、うちはいいました。

まだ借金が残っていました。それを返さずに閉めるのはとんでもないこと。返さずには死ねないと思たので、病院に着くまでなんとか持ちこたえなければ、なんとしても治らなければと必死でした。

お医者さんからは、言葉と右手に後遺症が残るといわれました。

そんなわけにはいかないんです。

「写経用紙と、筆ペン持ってきて」

と「みの家」に電話しました。筆ペンで写経をして、点滴のとき以外は屋上から地下の売店まで階段の上り下りをしました。

一日も早く治らなければと思いました。

主治医の先生に相談したところ、ちゃんと通院するなら明日退院してもいいと許可が出ました。

それでも言葉が気になっていました。十五分以上喋っていると呂律が回らなくなるのです。

ちょうど三月で都をどりが間近でした。

「みの家」に戻って、電話が鳴ってどきっとしました。お富さんが休んでいるので、手伝いの子が来るまで電話に出なければいけません。

「えっ、もう退院したの?」

相手にびっくりされました。

「また、来とくれやす」

一生懸命ぼろが出んように喋りました。呂律が回らないのがわかったら、

「『みの家』はもうあかん」

といわれます。

「おかあさん、こんにちは」

と芸妓さん舞妓さんが都をどりの切符を売りに来ました。うちが応対するしかありません。音をあげそうになりましたが、もう必死でした。

「それがよかったんや」

病院に行ったら先生にいわれました。

なんとしても対応せなあかんというのがリハビリになったようです。気がついたら十五分以上喋ってましたが、ちゃんと呂律が回っていました。

都をどりに助けられたんですね。

五十代もいろいろありました。

三十代から四十代にかけても大変でしたが、その頃がいちばんもてました。

# 第五章

# 祇園の四季／京都の四季

祇園のお正月は静かです。

普段の賑わいが嘘のようで、昔の祇園町を思い出します。バーやお店が休みだからでしょう。同じ祇園でも、花見小路と違って観光客もいません。祇園の風情を楽しめるのはお正月とお盆ぐらいです。

お雑煮は白味噌で、お仏壇にお供えするおせち料理をこしらえます。

京都から出たことがないので京都のお雑煮しか知りません。

うちが小さい頃は、おせちはおマツさんが全部作ってました。

黒豆や棒鱈、栗きんとんなどを入れて、「みの家」用と旅館用の二つのお重に詰めて。

その頃のお正月は旅館は休みでした。その代わり「みの家」は大晦日も忙しくしてました。

おかあちゃんが帰ってくるのが、元旦の午前三時か四時で、お皆あばに帰ってくるまで寝させてもらえませんでした。

眠いのを我慢して起きてたのは、福玉をもらえるからです。

紅白の大きな玉の中に七福神や干支の縁起物が入っていて、お正月になってから玉を割ることになっていました。

昔からの習わしで、お茶屋の女将が用意して舞妓さんらに配っていました。「みの家」のお客さんでうちら子供にもくれはる人がいました。

昔は縁起物に限らず、化粧品や文房具といった、いまの福袋のようにいろんなものが入っていたようです。

義務教育を終えて地方から来た舞妓さんらのことを考えてでしょう。

子供の頃、蔵の中に大黒さんがいはる縁起物の福玉をいただきました。大事にしていたのですが、いつの間にかなくしてしまいました。

それが気になっていて、何年か前に福玉を作っているところに聞きに行きました。そしたらそこで作っていて、わけてもらうことができました。

お正月は玄関にしめ縄を飾り、幕を張ります。

幕の色は茶色で家紋入りです。

この幕をたるませて張るのが難しいのですが、一人でなんとかやってます。

玄関を入った上がり端《はな》には、歌舞伎の名場面を羽子板にした押し絵羽子板を青竹に飾ります。

それに餅花を添えて。

この飾りつけは、うちが子供の頃からです。清水の「吉むら」でもしてました。

青竹は毎年新しいものを使います。新年だけの贅沢です。裏の木戸の青竹も毎年新しくしたいのですが、なかなか手が回りません。

昔は大工さんに羽子板と餅花飾りをしてもらっていましたが、その人が亡くなってお花屋さんに頼むようになりました。

ちょろけんという輪飾り（しめ縄）はうちが作って、各部屋に飾ります。

お正月、玄関を入った上がり
端に餅花を添えて飾られる押
し絵羽子板

普段賑やかなお座敷にいるので、お正月は家にこもっています。鍵をかけてないと訪ねてくる人がいるので、忘れずに鍵をかけて。それでもお座敷が始まっているとこもあるのか、

「お正月姿の芸妓さんはいませんか」

という問い合わせの電話もあります。

祇園甲部の新年は七日の始業式から始まる。芸舞妓が黒紋付の正装で、本物の稲穂を舞妓は右、芸妓は左にさして集まり、「おめでとうさんどす」と新年の挨拶を交わす。理事長の挨拶から始まり、誓いの斉唱。前年の年間花代売り上げの一等賞、二等賞が順に表彰される。

その後、井上流の家元が舞を披露。

お茶屋の売り上げ一等賞は「一力」。二等賞、三等賞もだいたい決まっている。

芸妓が稲穂と一緒に髪にさすのが白い鳩。

鳩には目が入っておらず、松の内にご贔屓か思いを寄せる人に目を入れてもらう風習がある。

稲穂を三粒もらって財布に入れると、商売繁盛の縁起物になるともいわれている。

「みの家」のお座敷は正月飾りです。

床の間の掛け軸は「日の出」「富士山」といった新年にふさわしいおめでたいもの。お茶室の床の間は長い柳の束を結んで輪にした結び柳です。香合も打ち出の小槌など縁起のいいものを選びます。

お箸紙というお正月用の水引きで飾られた柳箸の袋があります。このお箸紙には「××御旦那様」というようにお客さんの名前を書きます。お茶屋で新年のお箸紙を用意してもらえるのは、大事なお客さんの証にもなります。

お客さんが男性の場合は「御旦那様」、その男性の奥さんは「御奥様」、奥様以外の女性は「御姉様」となります。名前は筆で書きますが、昔は字のきれいな仲居さんが、書き上げたお箸紙をずらっと並べていました。

新年の名刺交換会で、

「お箸紙を取りに来ておくれやす」

と芸妓さんにいわれた場合は、お正月の客になっておくれやすという意味です。

芸妓さんらは始業式のあと、お茶屋に新年の挨拶に立ち寄ります。

初寄りといって芸妓さん舞妓さんが舞のお家元の家に集合し、新しい年の挨拶を交わす日もあります。

四条縄手を下がったとこに、ゑびす神社があります。

商売繁盛の神様で、七福神の一人のゑびすさんを奉っています。

一月の十日ゑびすは冬の京都の風物詩です。縁日のようにお店が立ち並んで賑わい、お客さんとよう行きました。

ゑびすさんは年寄りの神様で、耳が遠くなっているので本堂の鈴を鳴らしただけでは気づきません。本堂の奥の神様がいるそばの板を叩いてお参りに来たことを知らせます。

八坂神社の境内にも祇園ゑびすが祀られているのはあまり知られてないかもしれません。

山伏や雲水の托鉢も新春の風物詩です。四条の橋のたもとには虚無僧が立ちます。

京都には古くから栄えてきた市があります。

有名なのは北野天満宮の天神さんと東寺の弘法さん。画家の風間完先生が好きだったので、何度か一緒に行きました。

一月の初市と十二月の最後の市は、他の月より露店も多く賑わいます。

昔から陶器が好きで、五条坂の陶器市はよう行っていました。

二月の節分は祇園さんで豆まきがあります。

舞妓さんが祇園小唄などの舞を奉納して、行事に華を添えます。

節分には四方《よも》参りという風習があります。

京の都の四方を鎮護する、北東の吉田神社、南西の壬生神社、北西の北野天満宮、南東の伏見

節分の時期、祇園町で催される「お化け」。「みの家」の座敷でも毎年、芸妓たちが趣向を凝らした出し物でお座敷を盛り上げる。

稲荷大社にお参りして邪気を祓い、福を招くというものです。

二日と三日は祇園町は「お化け」で賑わいます。

普段はきれいな芸妓さんが猿回しや醜女《しこめ》に扮します。越後獅子や舌切り雀、最近は「君の名は。」や「逃げ恥（逃げるは恥だが役に立つ）」の恋ダンスもあります。昔は歌舞伎の題材が多かったですが、いまは話題になったテレビや映画が増えてきました。

変装した芸妓さんはCDプレイヤーを持って、何軒もお茶屋を回ります。お客さんもご祝儀を弾みます。お化けのときはお座敷にいる時間が短くても、通常と同じ時間分の花代がつきます。お化けで思い出すのは、大勢で来て、お化けの芸妓さん全部の組をよびたいといわはったお客さんです。

ところが雪が降ってきて、芸妓さんたちが来はらしません。おなかもすいてきたので、おうどんの出前を頼もうとしても、配達は無理ですといわれました。仕方ないので、うちがきしめんを湯がいて、ひと口召しあがっていただきました。

だんだん雪がひどくなって、お化けどころか、タクシーもよべないといわれました。どないしよ、ということになったんですが、夜中の一時頃、泊まってはるホテルから迎えの車を出してもらって、ようやくお帰りになりました。

お化けの時期は、大きいお茶屋さんが半年前から芸妓さんを押さえてしまうので、お客さんの希望をかなえるのはなかなか難しいです。

初午《はつうま》大祭も京都の新春の風物詩です。二月最初の午の日に伏見稲荷大社で行われます。

もう何十年も昔、嵐山の法輪寺に十三参りに行ったのも春の頃でした。

京都では七五三ではなく、十三参りで子供の成長を願います。

数えで十三歳になった子供が、成人となった儀礼に参拝に訪れます。参拝を終えて渡月橋を渡るとき、振り返ってはいけないといういい伝えがあります。

おかあちゃんとおとうちゃんに連れられて行ったのを覚えています。

おかあちゃんは「みの家」の二階でお鯛さん（鯛の塩焼き）の支度をさせていました。

なんで住まいの清水ではなく「みの家」だったのか……。このあたりの人たちに対する見栄もあったのではないでしょうか。

おねえちゃんの結婚式の支度も「みの家」の二階でした。

十三参りのときは小学六年生で、初めて振袖を着て、髪を結ってお化粧をしてもらいました。

——清水へ祇園をよぎる桜月夜こよひ逢ふ人みなうつくしき
与謝野晶子が詠ったように、祇園がいちばん華やぐのは春の都をどりの時期。
一日三〜四回の公演があり、祇園町がいちばん忙しいときでもある。
お茶屋の軒下には提灯が下がる。
普段は屋号が入った提灯だが、四月は「都をどり」の文字が入ったものに統一される。

二月末頃になると、組合から番組とよばれている演目表が芸妓さんらに届きます。

それをご贔屓さんに渡すのですが、直接手渡すようなことはしません。必ずお茶屋を通してです。

番組にはご贔屓の名前を書きます。店出ししたばかりの舞妓さんはまだご贔屓がないので、おねえさんや屋形のご贔屓を頼ります。

都をどりのチケットは芸妓さんや舞妓さんがお茶屋に売りにきます。お茶屋にノルマはありません。

手持ちのチケットがはけたら、芸妓さんに声をかけます。

「何枚か預かろか？」

「妹が持ってるので、買《こ》うてやってください」

そうして新たなチケットを預かります。

都をどりにはお茶席がついています。

立礼式でお点前をする芸妓さんは、よく見ると白の半襟を返して赤を見せています。

ご贔屓のお客さんにはお正客の席に坐ってもらおうと、お茶屋は席を確保しなければなりません。お菓子を乗せた団子皿の色は五種類あって、集めてはる人もいるようです。

先にお茶席に案内されて、それから観劇です。

舞台の幕が開いて、「都をどりはぁー」という甲高いかけ声が響くと、桜の団扇《うちわ》を手にした芸妓さん舞妓さんが「よーいやさー」と花道から現れます。

オープニングの総をどりは、鮮やかな水色の地に桜の柄の着物をまとった芸妓さん舞妓さんが一斉に出はります。

都をどりは何度見ても、春爛漫の情景が目に鮮やかです。

大入りなら出演者やお茶屋にも大入り袋が出ます。中身はほんまに気持ちのもんですが……。

都をどりが終わると葵祭です。

新緑の都大路を、京都御所から下鴨神社を経て上賀茂神社まで、平安絵巻さながらの雅びな行列が練り歩きます。

昔、おねえちゃんが命婦《みょうぶ》役に選ばれて、十二単《ひとえ》の斎王代と女人列に加わったことがありました。おかあちゃんは大喜びで紋付を着て見に行かはって、ついて歩いてました。

初夏を迎えると芸妓さんらの団扇が届きます。

奉公の妓は屋形の名前、自前になったら本名の姓が朱色で書かれています。芸妓さんらはお茶屋の他に料理屋やバーに配ります。

お座敷で「夏は蛍」の舞が始まると、その団扇を使います。蛍籠を持って舞う「蛍狩り」もそうです。

団扇の飾りつけには順番があって、大きいおねえさんから店出しした順番に舞妓さんまで並べていきます。

「団扇がほしい」

といわはるお客さんがいはりますが、女将に頼んでおけば夏が終わるともらうことができます。

五花街合同舞踊公演「都の賑わい」は六月下旬です。

先斗町や上七軒といった他の花街の芸妓さん舞妓さんが一堂に集まります。踊りの流派が違うので違いが楽しめます。最後は舞妓さん全員で祇園小唄の競演です。

お客さんから切符を頼まれたら組合に電話して手配します。

六月の末は夏越祓《なごしのはらえ》です。

京都の多くの神社では境内に大きな茅《ち》の輪が設けられます。茅の輪くぐりをして半年の穢れを落とし、残りの半年の無病息災を祈願します。

去年は初めて祇園さんに行きました。

夏越祓の前に、祇園さんから紙の人形《ひとがた》が回ってきます。名前を書いて息を吹きかけて神社に納めます。夏越祓の日に小豆が乗った水無月というお菓子をいただきますが、小豆は厄除けになるといわれています。

夏といえば、鮎とハモの季節です。

鮎茶屋の「平野屋」さんから「あゆよろし」の提灯が届き、うどんの「権兵衛」には「本日よりハモ丼」の貼り紙がされます。

権兵衛の壁にも芸妓さんらの団扇が飾られ、祇園の風物詩になっています。

七月初旬のみやび会は芸の上達と無病息災を祈願するものです。

祇園祭が始まった頃に、祇園甲部で芸妓さん舞妓さんが揃いの浴衣を新調して、お家元と祇園さんを参拝します。

店出しの舞妓さんから芸妓さん、お家元が揃って同じ浴衣を着ての写真撮影は圧巻です。

みやび会お千度というように、祇園さんの本堂を三回回ると千回のご利益があるといわれています。店借りさんの浴衣が届くので、今年もまたその時期が来たなと思います。


日本三大祭りの一つ、祇園祭は八坂神社の祭り。

祇園には紋日といわれる日がある。日常と違うハレの日で、元旦と祇園祭にあたる。

葵祭が貴族の祭りなのに対して、祇園祭は町衆の祭りで、期間は七月一か月。祇園祭はハモ祭りといわれるように、この時期のハモは脂が乗っておいしい。

夏が近づくとお茶屋の軒先の提灯が白地の「祇園さん」に、秋になると「温習会」の文字が入ったものになる。


祇園祭は山鉾巡行より、宵山のほうが夜の情緒があるという人もいますが、宵山の四条通りは歩行者天国になって、人がいっぱいで歩く元気はありません。祇園祭り事には参加しませんが、コンチキチンのお囃子《はやし》が聞こえてくると、うきうきします。祇園町で育ったからでしょうか。

平成二十六年から後祭《あとまつり》が復活しました。

後祭は二十四日で、山鉾の数が半分以下で屋台も出ません。その分、人出も少ないです。去年初めて行きましたが、ゆっくり立ち止まって見られて、しっとりとした情緒があってよかったです。

河原町通りは花笠巡行と山鉾巡行のルートが重なります。四条河原町の交差点では辻回しが見られます。山鉾が方向転換するもので迫力があります。

祇園祭にはお神酒《みき》をお供えします。

そうすると粽《ちまき》をくれはります。

食べ物の粽ではなくて、笹の葉で作られた厄病災難除けのお守りです。

祇園祭のときだけ販売されて、玄関の軒先に飾ります。厄病神が家に入ろうとしたとき、目立つところにあったほうがいいからです。

うっとこも水引きで縛って玄関に飾っています。

初夏になると鴨川の納涼床です。

同じ「床」ですが、鴨川は「ゆか」、貴船《きぶね》は「とこ」といいます。

五月から九月で、五月と九月は昼床もありますが、さすがに暑いです。お店も百軒くらいあって、和食だけでなく、フレンチやイタリアン、中華もあります。テーブル席もあるようです。

うちらも宴会に出向きます。夏の風物詩なので、お客さんの中には行きたいという人がいはります。けど虫がいますし、衣装も汚れます。

芸妓さんを手配するときには、屋形に「すんまへん、床どす」と先にいいます。

おかあちゃんはよう、四条の橋のたもとで立ち止まって、北山や比叡山を眺めて昔を思い出したようです。

うちもふと立ち止まることがあります。いつの季節でも、京都らしい風情があります。

八月一日は八朔。

真夏の日差しの中、芸舞妓が絽の黒紋付の正装で、井上流の家元から笛や三味線の師匠、お茶屋に挨拶に回る。

「おめでとうさんどす。相変わりませずおたの申します」

朝十時くらいから始まり、お茶屋はお返しに扇子などを渡す。

正月も挨拶、真夏も挨拶。

挨拶に始まり挨拶に終わるというぐらい、祇園は年中挨拶の習わしがある。

八月半ばにお盆を迎えます。

五山の送り火は祇園祭と共に京都の夏を代表する風物詩です。

十六日の夜八時に東山の大文字に火が灯り、妙法、船形、左大文字、鳥居形と、順に点火されていきます。それで京都五山の送り火といわれています。

小学生の頃は、「みの家」の物干し台に上がってあばに見せてもらいました。お客さんもいはって、ゴザを敷いて枝豆でビールを飲んで、五山に火が灯ると、お盆にお酒を入れて飲み干してはりました。

送り火をお盆に映して飲むと無病息災に暮らせるといわれています。

いまはもう見えません。

お富さんがいた頃は、大文字のふもとの「あん」という焼き鳥屋さんで点火を待ちました。祇園の舞妓さんも行く隠れ家的なお店です。

ご飯を食べてから白川べりを歩いていると、ビルの間から火が灯るのが見えました。それを拝んでいました。

「みの家」から歩いて行ける東大路に面した橋から、送り火の右半分が見える場所があります。

おかあちゃんが亡くなってからは、お盆は家で過ごすようになりました。

地蔵盆のときには新橋通りの家々の軒下に灯籠が吊るされます。

もの悲しい夏の終わりを感じます。

秋は大覚寺の観月の夕べ、鞍馬の火祭、嵐山のもみじ祭と行事が続く。


都をどりが春なら、温習会は秋を告げます。

温習会というのは、芸事の総ざらいとして習った成果を発表する会のことです。

十月一日から一日一公演で、芸達者な名取さんが出て、都をどりとは雰囲気が違います。お客さんも目が肥えた通の人が多いです。お客さんとも行ってましたが、一人でも必ず行きました。

十月の下旬になると時代祭です。

時代祭は平安神宮のお祭りで、平安時代から明治維新までの時代衣装を身につけた人たちが秋の都大路を練り歩きます。

時代祭の行列には五花街交代で芸妓さんらが参加します。

うちの店借りさんの佳つ磨ちゃんが、平安時代の女武将の巴御前になったときは、生憎の雨でしたが、カメラを持って見に行きました。

十一月のかにかくに祭は歌人の吉井勇を偲ぶものです。祇園白川にある吉井勇の歌碑に芸妓さんらが菊の花を献花します。

祇園小唄祭は祇園小唄を讃える行事で、円山公園の祇園小唄の碑の前で舞妓さんが歌詞を朗読します。この行事も五花街交代で行われます。

最近は都をどりの春より、紅葉の時期のほうが京都は混むといわれています。

京都で好きな場所ですか？

三十代のとき、ご常連さんによう連れて行ってもらった大原です。

三千院はいつも混んでいて、とりわけ秋は人が多いですが、そばの実光院はすいています。秋から春にかけて不断桜が咲き、庭園には破れ傘やユキノシタといった山野草が繁っています。

ご常連さんのおかげで、紅葉の名所の高雄の神護寺にも足を延ばし、竹生島の山歩きもするようになりました。

それから歩くのが習慣になりました。

この間は栂尾《とがのお》の高山寺に行ってきました。紅葉がきれいなお寺で、鳥獣人物戯画でも知られています。

近くの寺社も巡ってきました。

大原野神社は紫式部にゆかりのあるところで、やはり紅葉の名所です。

正法寺は石庭の枝垂れ桜が有名で、勝持寺は西行ゆかりの花の寺として知られています。

願徳寺というお寺を知っといやすか？　地図にも載っていないような京都一小さな拝観寺で、国宝の観音様が祀られています。

京都にはガイドブックに載っていない、地元の人間しか知らない見どころがたくさんあります。

そうそう、「みの家」の表札を書いてくれはったのが、うちのお客さんでもあった実光院の天《あま》納《の》傳中《でんちゅう》住職でした。

声明《しょうみょう》伝承者として国内外で活動されてた方で、その方のおかげで声明に惹かれるようになりました。

一年三百六十五日、京都はどこかで祭りがある。季節の節目の行事にも事欠かない。

いよいよ年の瀬になりました。

南座の正面に掲げられる「まねき」とよばれる役者の名前を書いた看板は、京都の人にとって師走のシンボルです。

五花街の芸妓さん舞妓さんが日を決めて観劇する総見という恒例行事があります。

芸妓さんらが座敷にずらっと並ぶ顔見世総見はそれは華やかです。

舞妓さんのかんざしには餅花とミニチュアのまねきがついていて、総見のあとで楽屋を訪ねて好きな役者にサインをしてもらいます。

南座というと、平成の南座として改装された年に、おかあちゃんを連れて桟敷席をとって行ったのを思い出します。幕間に開店したばかりの「花吉兆」で食事をしました。

食べ物に限らず、初ものに触れると七十五日寿命が延びる。そうやってなんでも縁起を担いできました。

新幹線ののぞみが初めて走った日も、東京に行く用があったので、それに乗って行きました。

十二月十三日は事始めです。

花街ではこの日からお正月の準備を始め、芸妓さん舞妓さんが舞のお家元のところに挨拶に行きます。鏡餅も届けます。

「お師匠さん、おめでとうさんどす」

「来年もおきばりやす」

とお家元さんから扇をいただきます。

事始めの日から北野天満宮では大福梅《おおふくうめ》の授与が始まります。

北野天満宮は菅原道真ゆかりの梅の名所で、梅花祭も催されて、白梅紅梅、一重、八重と時期にはいろんな梅が楽しめます。大福梅は長寿と幸福を授かるという縁起ものです。

初夏にとった梅を塩漬けにして、真夏に天日干し、それをまた樽に収めるそうです。

大福梅はお正月の祝い膳に欠かせません。お正月のお客さんにも梅に昆布を添えた大福茶をお出しします。

梅を求める参拝客で賑わう様子は毎年テレビでも中継されます。北野天満宮までなかなか行けませんが、お客さんからいただくことがあります。

事始めが済んだら、芸妓さんからお歳暮が届きます。

八朔のときはお中元です。それぞれにお返しをします。

昔は大晦日にも芸妓さんらがお茶屋に挨拶回りに来はりました。

「おことうさんどす」

事が多くて忙しいですね、という意味です。

このときにお茶屋の女将は福玉を渡しました。最近は地方出身の妓が多くなったので、大晦日の挨拶回りは見られなくなりました。年払いのお客さんの姿もなくなりました。

師走になるとお歳暮の発送や年賀状の準備があります。

年賀状は手書きです。字が下手なんはおかあちゃん譲り。おとうちゃんは達筆でした。

除夜の鐘はつきに行ったことはありません。

清水寺は鐘をつくことができます。前もって整理券を配っていて、それがないと無理ですが。

高校生の頃は友だちと祇園さんから知恩院さんに行って、そこで除夜の鐘を聞いて、上賀茂神
社に行くのが大晦日のコースでした。

祇園さんのおけら参りも参拝客で賑わいます。

火が消えないように火縄を回しながら家に帰って、おけら火で雑煮を炊くと無病息災で過ごせ
るといわれています。火縄は火伏せのお守りに台所に祀ります。

いまはびっくりするくらい並んで混み合っているので、おけらの火も回せません。最後に行っ

たのは中学時代で、代表で誰かが火をもらいに行くことになり、「吉村は鈍くさい」といわれてはずされました。

雑煮を炊くといってもいまはガスコンロか電気なので、おけら火は神棚の灯明に灯しているようです。

除夜の鐘で思い出すのは、清水から「みの家」に越した年のことです。

除夜の鐘が聞こえません……。

東京のお友だちに思わずファックスを送りました。門に出ても、物干し台に上がっても聞こえないのです。

清水にいたときは、テレビをつけてても三種類ぐらいの鐘の音が聞こえました。こんなに近いのにと、おかあちゃんと二人で泣きました。

この前、お友だちにあのファックスは捨てられずにいまでも残っているといわれて、おかあちゃんもいたあの頃をしみじみ懐かしく思い出しました。

# 第六章

# 「みの家」のご縁

いまは芸妓さんになっていますが、東京の子で、中学生のときに瀬戸内先生の『京まんだら』を読んで、祇園に憧れて舞妓さんになりたいといって京都に来た子がいます。

そのことを知らずに、舞妓時代に瀬戸内先生がお座敷によんだことがありました。そしたらその妓がぽろぽろ泣き出して。先生に会えて感激して、言葉も出てきいひんほどでした。

舞妓の頃から知ってますが、ええ芸妓さんになってますねえ。

お酒が強くて、座持ちがよく、ええ着物を着ています。センスがええんですね。売れっ子の芸妓さんの条件はいろいろありますが、着物のセンスがええというのも一つかと思います。機転も利きますし。

若い頃、うちがもう飲めないというくらい飲んで、その妓の屋形に電話したことがありました。

「一時間でもええ、助けに来て」

そしたらほどなく、

「おねえちゃん、助けに来たえ」と駆けつけてくれました。

「代わりにうちが飲みます」とタッチしてくれたんです。それまでのお座敷でかなりお酒が入ってたと思います。

お客さんも「よし、薫の代わりか」と受けて立ちました。

それでお客さんのほうが酔いつぶれてしまったんです。

いまでは考えられませんが、あの頃はそういう飲み方をする人がいはりました。もうそんな豪快なお客さんもいはらしません。

芸妓さんも結婚してやめていった妓もいます。

板前さんと結婚して料理屋の女将さんになるという道もあります。

芸妓さんをやめるときは引き祝いをします。

芸名改め本名が書いてある三角形に折った紙を配ります。男衆《おとこし》さんがついてお家元や組合、お茶屋を回ります。

昔はお赤飯も配りました。お赤飯と白蒸しを半々にして、白蒸しは二度と花街に戻ってこないという意味があったようです。

いまはお赤飯料として商品券で済ませています。

「虎屋」のお赤飯を配るのが夢という芸妓さんが引退しはったとき、お赤飯をいただきましたが、もう長いことお赤飯は見ていません。

店出しだけでなく引退のときも、お世話になった人にきちんと挨拶するというのも、祇園町で昔から続いていることです。

店借りさんに限らず、日頃から芸妓さんとはつき合いがあります。

昨日の夜も、ある芸妓さんから電話がありました。

「明日手打ちやのに、熱が出たんです」

それは大変です。インフルエンザが流行っています。

「どこの病院に行ったらいい？」

と聞かれて、救急をやってるとこなら、うちが行ってる病院の理事長さんも知ってるし、府立もやってるかもしれない。けどタクシー代が二千五百円ぐらいかかって、どっちが近いかなあ……といろいろ思案しました。

屋形が全部面倒をみてくれる舞妓さんと違って、芸妓さんは普段のタクシー代も自前です。

「どうする？　ついて行ってあげよか？」

インフルエンザかどうか診てもらわなければいけません。

もしそうだったら、手打ちは名取しかできないので代わりの妓を探すのも難儀でしょう。

一人で病院に行けるということになって、夜の九時過ぎに電話があって、インフルエンザではなかったと報告がありました。

うちもほっとしました。

「明日が済んだら、ちょっと休みよし」

そういって電話を切りました。


お茶屋と芸舞妓で特に結びつきが強いのが、店出しの前に見習い茶屋を引き受けた芸舞妓。お座敷の行儀作法やしきたりを実際に教えるのが見習い茶屋で、その妓が舞妓から芸妓になっても祇園にいる限り関係は続き、十二月十三日の事始めにはお茶屋に鏡餅を届けるしきたりがある。

見習い茶屋での修業は、昔は二か月だったが、いまはひと月になった。


舞妓さんで忘れられない妓がいます。

店出しのときに見習い茶屋を引き受けた妓です。無事舞妓になって、なんとかやってると思てました。そしたら、あるときその妓が泣いて飛び込んできたんです。

舞妓になって一年足らずのときでした。

その妓から事情を聞いて一緒に屋形に行きました。そして一緒になっておねえさん方に謝りました。

「堪忍してやって。なんとか我慢してもらえへん？」

頭を下げて、横を見て慌てました。その妓が頭を下げてなかったのです。

「頭、下げなさい」と小声でいいました。

そしたらあるおねえさんが、

「一事が万事」といわはりました。みんなの意見で、あかんというのです。

これはもうどうしようもないと思いました。

見習い茶屋になったとき、その子にいいました。

「ええか、お客さんはもちろん大事。そやけどお客さんよりまず大事なのは、おうちの先輩に好かれることや。おねえさんが黒というて、それは白と思ても、黙っているかそうどすというかや」

そう説明するのがいちばんわかりやすいと思いました。間違うてると思ても、いい正してはあかんということです。

「いうてみせる」

とその妓はいいました。うちはそれを信じました。

最初から向いてない子がいるんです。受け入れられへん子が。お客さんから頼まれて断れなかった話ですが、うちが最初に無理というたら、その子も無駄な時間を過ごさずに済んだかもしれません。

かわいそうなことをしました。

おかあさんやおねえさんが、いろいろいうてくれるのは有難いことなんです。どうでもええと思たら、なにもいいません。いわれるうちが花。いわれなくなったらおしまい。

素直がいちばん大事です。

花柳界に限ったことではないかもしれませんが、まわりに可愛いがられないといけないのはどの世界でも同じと思います。

男の人の場合でも同じではないでしょうか。人間的な可愛いげというんでしょうか、上役の人からどうしているのかと気にかけてもらえる。なにかあったときまっ先に親身に相談に乗ってもらえる。

そういう人が出世していくように思います。問題が起きたとき、放っておかれるのか、助けてやろうとなるのか、その差は大きいです。得な人ということになるのかもしれませんが……。

花柳界では、負けん気は見えへん程度に抑えるのがええと思います。そんなんあったんかというぐらいに。表に出したら、きつい妓やなあと引かれてしまうかもしれません。

屋形にはいろんな子が入ってきます。

みんな同じようにというても、人間ですから可愛いがられる子は出てくる。身を入れてもらえるというか、この子をなんとかしてあげようと思われるのがいちばんかもしれません。

祇園町では、人づき合いがお祝いやお返しにも表れる。舞妓の店出しの際、姉と妹の名前が入った手拭いが配られるが、それに対してお祝いをする。

お祝いを持っていくと、一割のお返しがある。包んでいた袱紗だけを返すと、しきたり知らずとなる。

その一割はお使い賃として男衆ら届けた人がもらう。

芸妓さんで思い出すのが、母とウマが合うた、その子ねえさんです。

舞が上手な、売れっ子芸妓でした。

うちが二、三十代で「チマ子」をしている頃、よう飲みに来てくれはりました。「みの家」の娘やから行ってあげようと思わはったんでしょう。

その子ねえさんにお説教されたことがあります。

店でお客さんと一緒になって騒いで、お客さんに誘われてそのまま飲みに行ったことがありました。

その子ねえさんは別の日に来はって、

「一応あんたはお茶屋さんの娘やからいうけど」と前置きして、

「あのときの態度はあかんえ」

といわれました。

「飲みに行くときは、何人かいる芸妓さんのいちばん上の人に、行ってもよろしおすかと聞いてから行くもんや」

つまり行儀が悪いということです。行儀が悪いというのはいわれて恥ずかしいことです。

よほど目に余ったんでしょう。注意の仕方も、お客さんのいる前ではいわずに、日を改めていいに来てくれはりました。

ええ大人でした。

そうやって働いてる人がみんなうちより年上でした。

仲居さんもそうです。

昔はいま以上に仲居さんの力があったみたいです。大きなお茶屋さんには有名な仲居さんがいて、お嫁さんが教わることもあったようです。

「みの家」に長いことといたお富さんは、最初「チマ子」の前身のバーにいはったんです。うちが小学二、三年の頃です。そのあと鉄板焼きの「楼蘭亭」で、割烹着を着てお肉を焼いていました。立ち仕事がしんどくなって、お台所や電話番をするようになりました。

七十過ぎまで働いてもらいましたが、最後まで品のいい、きれいな人でした。

煙草の吸い過ぎを注意されたことがあります。

酔っぱらって帰ってきたときは「酔い過ぎ」だといわれました。

「ああいうもののいい方は、聞いててもいい気持ちがしない」といわれたこともあります。

母についてた人なので、母が亡くなってやめなあかんと思てたようです。

「うちが怒っても、お富さんが手伝いの子をなだめてくれる。これからもいてほしい」とうちから頼みました。そういうことならと、続けてもらうことになりました。

認知症になったおかあちゃんにもやさしくしてくれました。

お富さんがやめはったときは、借金もあって、十分なことができませんでした。

それがずっと気になっていて、あとになって気持ちばかりの額を、お富さんの口座に振り込みました。

差出人を「お誕生日」とか「お中元」「お歳暮」にして。

いまはわかりませんが、その頃はそういう振り込みができたんです。「みの家」にするとこれみよがしというか、大した額ではないので、さりげなくしたかったんです。お富さんも誰からか、わかってくれはると思いました。ひょっとしたら、もう郵便局に行くこともなく、わからなかったかもしれません。

それでもええんです。

お富さんが亡くなるまで振り込みは続けました。お世話になった人への礼儀と思います。

お茶屋にかかわるのは芸妓さんや仲居さんだけではありません。

男衆さんもいます。

女ばかりの花街で唯一の男性が男衆さんです。芸妓さん舞妓さんの着物の着付けをするのが主な仕事で、お座敷の時間に合わせて屋形に来て、かけ持ちで手際よく着付けていきます。

昔は芸妓さんらの相談役になったり、仲居さんと共に不可欠な役割があったようです。

店出しや襟替えのときは手拭いを先に配ったり、店出しの介添えをしたりして、身の回りのことはなんでもしてくれます。

舞妓になってお花を千本売ると千寿祝いをします。お茶屋やお世話になったところを回りますが、それも男衆さんの仕事です。

その際に千寿せんべいやクッキー、胡麻豆腐を配らはります。昔は紅白のお饅頭やお赤飯を届けたみたいです。

いま祇園町で男衆さんは五人です。次世代が育っていて、おとうさんが男衆さんで、息子さんがあとを継いだところもあります。

そのおとうさんの思い出です。

舞妓さんに出て三日間は男衆さんが送り迎えをするのですが、舞妓さんが一人で入ってきたので、男衆さんは来ないのかなと思てました。門まで連れてきてくれはったようですが、迎えのときは、

「××さん迎えに来ました」

というて「チマ子」に入ってきました。ふと顔を見ると、小学校の同級生でした。

狭い町なのに、お互いに卒業後の消息を知らなかったのです。懐かしい再会でした。

平成三十年の正月、薫さんは瀬戸内寂聴さんと一緒にテレビ出演した。そのことは誰にも知らせていなかったが、「見ましたよ」と、「みの家」の昔の従業員や客から電話があった。

門を掃いていたら、「ひょっとして薫ちゃん？」と、昔働いていたねえやさんが立ち寄ってくれたこともある。

縁のあった人たちがいつまでも「みの家」を忘れずにいてくれるのは嬉しいものだという。

客では、『京まんだら』の挿絵を描いた画家の風間完さんが、清水の「吉むら」を気に入り、しばしば泊まりに訪れた。


お客さんでは、イサム・ノグチさんはええ男でした。女性のお客さんが、彫刻家の流政之とどっちが男前だろうとおっしゃいました。

社会主義者の荒畑寒村さんは、おじいちゃま、という感じの方でした。大変なことをしでかした人とは思えませんでした。

風間完先生にはいろんな思い出があります。

食べ歩きに連れて行ってもらったこともあります。

ボージョレヌーボーが日本に入ってきた頃、こういうワインがあると教えてくれはりました。

「萬養軒」にもよく行きました。エスカルゴとスープとパン、普通ならあと一品、メインのお料理を注文しますやろ？

それが、しはらへんのです。

なんでかしら、と思たまま、お店を出ました。そしたらすぐに、また違うレストランに入りはるんです。レストランのはしごです。

「最初からいうてください」

と抗議しました。驚かせようとしはったんでしょう。

腹七分目が大事ということを教えてくれはったのかもしれません。東京の中野のおうちにも何度かお邪魔しました。お鍋をご馳走になったりしました。粋な方というか、パリに長くいはったでしょう。日本の粋ではなくて、パリの粋ですね。朝からカフェでワインを飲むような。

落語もお好きな方でした。「吉むら」に滞在されてたとき、

「散歩にいこ」

と誘われて近くの清水寺に行きました。音羽の滝のところで、「はてなの茶碗」という落語を教えてくれはりました。

安い茶碗をめぐってのひと騒動、瓢箪から駒の話です。清水の音羽の滝の音してや茶碗もひびにもりの下露……という歌も。

音羽の滝のそばの茶屋が舞台なので、わざわざ連れて来てくれはったんでしょう。

東京では寄席にも誘ってもらいましたし、浅草の「神谷バー」では電気ブランを飲ませてもらいました。

若い頃、うちは前髪を切って垂らしてたんです。

「上げたほうがいい」

と先生はいわはりました。モデルの山口小夜子はあれで一つのスタイルだけど、薫ちゃんはおでこを見せたほうがいいと。それからいまの髪型になったんです。ごちゃごちゃした頭にするな

といわれて、「抱き合わせ」といういまのアップスタイルに落ち着きました。

ごちゃごちゃや、くどいのはお嫌いでした。

なにかいうときも肝心なことをひと言だけいわはるので、素早く気づかないといけません。

着物はこれは好きというのがわかりましたので、そういうのを選んで着ていました。派手なものはお好きやなかったです。

先生が亡くなって十五年経ちます。

先生が倒れはったと聞いたときは飛んで行きました。ICU（集中治療室）にいはったんですが、気がつかはってから息子さんが、

「薫さんが来ましたよ」

と耳元で知らせました。そしたら先生が紙に、

「カエレ」

と書かはったんです。えっ、カエレ？　店を人に任せて飛んできたのにと思っていると、

「オミセ」

「ダイジ」

とさらに書かはったんです。店を放って来るなといいたかったのでしょう。もう泣けてきました。

「ほな帰ります、お休みのときにまた来ます」

そういって帰りました。それから月に一度はお見舞いに行きました。

その頃は、うちが落ち込んでいたときで、元気出せと励ましてもらいました。うちのほうが元気をもらっていた気がします。

先生にはなんでもいえました。若い頃から生理痛が重くて、そういうときは誰とも会いたくないんですが、先生は苦になりませんでした。先生も茶目っ気で、

「そろそろ（トイレに）行ったほうがいいんじゃないの？」とおっしゃって。会話を聞いていた編集者は、どういう関係なのかと思ったかもしれません。

先生が倒れはってから、成田山大阪別院でお百度参りをするようになりました。始発の京阪に乗ると、朝一番のお護摩に間に合います。お護摩で祈禱して、それからお百度参りをして、ちょっと休憩してから写経です。

毎月一回、一年間続けました。

先生が苦しむことのないようにと祈りました。

昔は豪快なお客さんがいはりました。

タクシーを飛ばして神戸ポートピアホテルに行き、昼間から最上階のフレンチレストランで顔見知りの料理長にいろんな料理を注文して、ピンクシャンパンを開けて。

ヴーヴクリコのロゼを初めていただきました。それからバーに移って、マールというブランデ

ーも初めてでした。そのあとでまたレストランに戻って、きれいな夜景を眺めながらエスカルゴから始まる夕食です。

さてそろそろ引き上げようと、タクシー乗り場に行きかけて、

「やっぱり泊まってこか」といいわはりました。

「明日、夕方までに帰ったら支度できるか」

と聞かれて、スイートルームをとってもらいました。

久しぶりにのんびりと朝寝して、トマトジュースとビールから始まるホテルの朝ご飯をいただいて、やっと京都に戻りました。

こんなこともありました。

京都のホテルで結婚式があったとき、東京のお馴染みさんを京都駅までお送りしました。そしたら新幹線に乗せられて東京に連れてこられました。

車中でも宴会、東京に着いてもまた宴会。

ホテルオークラにお部屋をとっていただいて、翌日ようやく京都に帰りました。

そうかと思うと、海外の大学に赴任する前の思い出にと、屋久島旅行に誘ってくれはった大学教授の方もいはります。

楽しい時代でした。

鬼籍に入られた方も多いです。

花街文化を支えてきたのは京都の呉服関係などの旦那衆。昔は芸妓の旦那も、単に経済的な支援だけでなく、書や絵画の一流の先生をつけて芸妓を育て上げようとする人もいた。

舞妓が芸妓になる襟替えは、紋付、替え衣装、帯、挨拶の品……と物入りになる。舞妓時代は地毛だが、かつらも必要になる。昔はすべて旦那が負担した。

いまは贔屓の客が、着物、帯、かつらと分担したり、屋形で前の妓が身につけた紋付を着ることもある。


お茶屋はお客さんと芸妓さん舞妓さんあっての商売です。女将はその間に立って、仲を取り持つこともありました。

おかあちゃんは旦那さんの世話もしてはったようです。くっつけ上手やったと、何人かの人から聞きました。

うちが高校生ぐらいのとき、男衆さんに間に入ってもらって、「あかんか」というのをちらっと聞いたことがあります。

どなたかに旦那さんを頼んでたんでしょう。うちもあるお方に、

「旦那さんになってくれはらしませんか?」

と聞きに行ったことがあります。

もう亡くならはったんですが、少なからずその妓のことを好きと思てた方でした。ちょうどその妓が襟替えで自前さんになるときでした。

「嬉しい話だけど、それは無理だ」

とその方はいわはりました。

月々のお手当やマンションを借りるとなると少ない金額ではありません。京都でのお立場や、人に知られたらえらいことになると思われたのかもしれません。

「その代わり、いままで通り贔屓にする」

とおっしゃって、約束してくれはりました。

「その妓に伝えます」というたら、うちにご祝儀をくれはりました。

男として晴れがましい話と受け取られたのかもしれません。

約束を守ってくれはっただけでなく、その人は情け深い方でした。

屋形を出て一人住まいとなると、いるものがあるだろうから、助けてあげようというてくれはったんです。それも、紋付や帯は晴れがましいので、家具や電化製品を揃えてあげたいと。

秘書さんやうちも一緒にデパートに選びに行きました。

おかあちゃんが亡くなったあとだったのか、相談する人もいなかったので、旦那さんのことを単刀直入に聞きに行ったんですね。

その方の会社にはよう行ってました。

お中元やお歳暮の時期になると、母についておいでといわれて高校生ぐらいからついていきました。

珍しいお菓子をいただいたときはお届けに行きました。

受付で帰るつもりが、秘書の方にお入りくださいといわれ、応接室でお薄《うす》をいただきました。

待たせていたタクシーを帰せといわれ、帰りの車をよんでチケットをいただきました。

「『チマ子』の二十五周年と、『みの家』の四十周年を合同でやったらどうや？」

と提案してくれはったのもその方です。

夢みたいな話でしたが、そのときは母の認知症が進んでいました。

会わせたほうがええと思て、母に着物を着せて会社に連れて行きました。お話は嬉しいですが、無理と思いますというて、うちは泣きました。

「ようわかった」

その方はいわはりました。母の肩をさすって、

「また行くわな」

やさしい言葉をかけてくれはって、好きなものを食べさせてあげなさいと、またご祝儀をいただきました。

そのあとで宴会でお会いしたら、

「涙ぐんでおかあちゃんを連れて来て、何事かと思った」

「辛かったやろ、よう来てくれた」

とねぎらってくれはりました。また泣けてきました。


そんな客たちも正月は家庭で迎えた。

正月三が日は来られない代わりに芸妓に花代をつけてくれる客もいた。

薫さんを可愛いがってくれた父親も、大晦日になると家族のもとに帰った。

大晦日は母親と子供たちで過ごし、子供心に大晦日は寂しいものと思って育った。


二十一歳で「チマ子」、四十二歳で「みの家」の若女将となって、恩義のあるお客さんはたくさんいます。

子供の頃から家族ぐるみのおつき合いで、このお客さんなら飲みに連れて行ってもろてもかまへんと、おかあちゃんがいわはった人がいました。

飲みにもご飯にも連れて行ってもらいましたが、美術館や博物館にも誘っていただきました。

書道展に行ったときでした。

「書は読めなくても見るだけでいいから」

まず見なさいといわれました。

「絵を見るように見たらええんどすか？」とうちが聞いたら、

「最初は読めなくても、たくさん見ていれば、この字は好きというのが見つかる。そのうちになにを崩して書いているのか、勉強してみようと思うようになる」

まず見ること、自分の目で見ることの大切さを教えてもらいました。

書に限らず、なにかを鑑賞するときに、大事なことと思います。

お初釜のお軸もそうやって見るようになりました。

うちにおとうちゃんがいいひんのを知っている方でしたから、親代わりに教えてくれはったのかもしれません。口には出さなくても、そうやって気にかけてくれはった方は他にもいたと思います。

小学校三年生のときでした。

「嬉しかったことを作文に書きなさい」と先生にいわれました。

おとうちゃんはときどき帰ってきはります、この前うちの誕生日に帰ってきて嬉しかった、と書きました。

そしたら担任の先生が、「ときどき」のところに赤線を引いて「毎日」に直さはったんです。

「うっとこはときどきや」

とうちがいうたので、先生はおかしいと思われたんでしょう。家に連絡して事情を知ったようです。

お皆あばはいいました。

「普通のおうちは毎日帰ってくるけど、普通のおうちとはちょっと違うからな。薫ちゃんとこは、おとうさんも働いて、おかあさんも働いてるから」

普通と違うんや、そやからおとうちゃんとは苗字が違うんやと思いました。

「おとうさんの名前といわれたら、書いたらあかん」

あばにはそうもいわれました。

そういうことがあってクラスのみんなに事情がばれたんです。

「お妾さんの子や」といわれました。

「お妾さんって、なに？」

「知らん」

みんなにはやされて、泣いて家に帰ってきました。

お皆あばは、

「そやし書いたらいかんというたやろ」

「お妾さんっていわれた。お妾さんって、なに？」

と聞いたら、それは違うといわれました。

その日だったか、仲のいい友だちがうちに謝りに来てくれました。

「お妾さんやないって。薫ちゃんのおかあさんは働いてるって」

と親にいわれたそうです。

その子も泣いて、うちも泣いてまた仲良しになりました。

おとうちゃんとおかあちゃんが麻雀に行くところで、うちもついていきたいおうちがありました。アイスクリームを食べさせてくれるからです。

あの頃、カップに入ったアイスクリームを、スプーンで食べさせてくれるうちはありませんでした。自転車に旗を立てて、アイスクリーム屋さんが売っていた時代です。「萬養軒」でしか食べられないと思てた濃厚なバニラアイスは忘れられない味でした。

そこのご家族とはいまだにおつき合いがあります。

その頃の話になると、奥様と年を忘れてはしゃいで懐かしがります。

そのご主人をはじめ、何人か保護者のようなお客さんがいはりました。

芸妓さんの舞をお座敷で見ていたら、

「廊下に出なあかん」と注意されたことがあります。

目に余ることがあると、

「ええかげんにしいや」と叱られました。

「どっからそんなこと聞かはったんどすか？」ということまでよくご存じで、身が縮む思いをしたことがあります。

その中のお一人がうちの借金のことを知っていて、

「旅館を売ったらどうや?」

といわはりました。結果的にはそうなるのですが、そのときは旅館の収益を全部おかあちゃん付きの家政婦さんに支払っていました。

あの頃、デイケアはありませんでした。

けどそんなことはいえしません。旅館はやめたくないというのが精一杯でした。


母の奉公時代から数えて三代目というお客さんがいはります。金襴を扱っている方で、母が亡くなったとき、お仏壇の戸帳を全部本金襴で仕立ててあげるというてくれはりました。寸法を計って、きれいに仕立てていただいて、お仏壇が映えました。

うちが離婚でもめてるときでした。その方が「チマ子」にいらして、

「今日は団体きいてるの?」

「なんも」

「ほんなら店閉めて、おいしいものでも食べにいこ」

半ば強引に誘い出してくれはったんです。食事をご馳走になり、お酒もいただいているときでした。ふいにその方が、

「ひょっとして離婚を考えてんのか?」

突然いわれてびっくりしました。おかあちゃんにも誰にもまだ話してないことでした。うちが返事に困っていたら、

「したいようにして、我慢することはない」

「どっちも我慢してます」

「ほんならなおのこと、さっさと別れて帰ってこい」

それで踏ん切りがつきました。踏ん切りをつけさせてくださった方です。

それにしてもひと言もいってないのに……。

そうやっていつも見守ってくださってたのだと思います。そっと見守って、肝心なときに決心させてくれる方というのは感謝に堪えません。

その方は五十一歳で喉頭がんで亡くなりました。

いまは息子さんが継いではります。奥様とは電話のおつき合いをさせてもらって、この前は紀子様が臨席された大聖寺のお茶会に誘っていただきました。

いまでもおつき合いいただけるのは母の遺産ですね。

家族や借金のことを全部知ってて、前と同じようにつき合ってくれる方というのはほんまに有難いです。

そういうときに人は離れていくもの。寂しいですが、仕方ありません。

だからいっそう、いまあるご縁を大切にしたいという気持ちになります。

# 第七章

# 祇園今昔

観光客がそぞろ歩く花見小路は、昔はアスファルト、その前は舗装もなかった。いまでは石畳になり、電線が地下にもぐり、電柱は撤去された。平成二十八年には空いていた町家を改装して、期間限定で「エルメス祇園店」がオープンし、話題になった。お茶屋を改装した飲食店や、スーベニアショップやバーもできて、昔と比べて町の佇まいが変わった。

時代と共に祇園もお茶屋も変わりました。「みの家」がある縄手から花見小路までの通りはお茶屋が並んでいました。最盛期はどれだけあったでしょう。いま残っているのはうっとこを入れて四軒だけです。ビルにしはったり、どこぞに売らはったり……。

祇園甲部といっても、四条通りより北側は祇園町の組合とかが持っている土地ではないんです。南側は京都市によって「歴史的景観保全修景地区」として、古い町家造りの建物を伝えるように指定されています。

「みの家」よりもう一本北の新橋通りは、石畳が続いてきれいな街並みを保ってはります。町内がしっかりしているのでしょう。何十年か前、ある料理屋さんがビルに建て替えるといわはったとき、大きいお茶屋のおとうさんが、ビルだらけになってしまうと案じられたんです。それで京都市に嘆願して、ビルが建てられへんように申し立てをして、紅殻格子《べんがらごうし》も変えられないようにしはったんです。

外側は格子戸でも、中はバーというところもあるでしょう。それでも外観は変わっていません。

「みの家」のある末吉町で、一人住まいの方が亡くなって建物が競売にかけられたことがありました。

とんでもないビルが建ったり、ややこしい人が入ってこられたら、このあたりが変わってしまいます。

「町で買うてください」

と町会長さんにいいに行きました。

「末吉町はお金持ちと聞いてます」

「お金はない」といわれました。結局、お隣の方が買わはりました。

いまはほとんどのお茶屋さんがホームバーを持ったはります。

一階をカウンターにしてお客さんが気軽に立ち寄れます。

祇園町の大きいお茶屋さんで持ってないのは数えるほどです。

「バーでもしたらどう？」

と昔おかあちゃんにいわはった方がいました。

「お茶屋さんがバーを作ってどないしますの？」

おかあちゃんは大反対。それきりになりました。

芸妓さんもバーをしてはります。

昔は芸妓をやめないとバーはできませんでしたが、いまは芸妓のままできます。お客さんにしてみれば、お座敷に上がらなくても芸妓さんに会える。便利になったということかもしれません。

テーブル席にしてないのも若い方には馴染まないかもしれません。

いまの若い人は、お座敷でお座布団が苦手なんですね。大きなお茶屋さんでもテーブル席にしてるとこがありますから、これも時代でしょう。昔からのお料理屋さんでもテーブル席に変えはったとこがあります。

掘りごたつは便利なようで、お年寄りの方は出るときに難儀のようです。

お座敷が当たり前でなくなって、お茶屋同士のつき合いも変わり、お料理屋さんとの関係も違ってきました。

それでも情がない話ばかりではありません。

こんなことがありました。

海外移住された昔からのご常連さんから、外国のお客さんが料理屋さんに行きたいといっているので予約をとってほしいと頼まれました。その方は一緒に行けないけど、自分の招待だからと。

それで京都の老舗のお料理屋さんにお願いしました。

ところが……。ちゃんと説明したはずですが、仲居さんが外国のお客さんから食事代をもらってしまったんです。カードを出されたので、それで支払いだと思い込んでしまったのでしょうか。

あの老舗が、なんだよ！

顔をつぶされたご常連さんはうっとこに怒ってきました。料理屋の女将さんは申し訳ないといいました。「みの家」にとって大事なお客さんということが伝わっていなかったのでしょうか。

けど、さすがに老舗の女将さんです。

そのお客さんは海外移住されても、オフィスだけは東京に残してはりました。

女将さんは心のこもった手土産を持って謝りに行かはったんです。留守番の人しかいないのを承知の上で。

それにはお客さんもびっくり。わだかまりが解けたといわはりました。

失敗はあってはいけませんが、そのときはそれくらいの誠意を示す。

気持ちは伝わるもんと思います。


花街では店出しや襟替えと並んで、戦前まで「水揚げ」は重要な儀式だった。異性経験のない舞妓が初めて客と関係を持つことで、「水揚げ」というのは、商人が船より荷物をおろして店頭に並べることを水揚げといったからなど諸説ある。

旦那の交渉はお茶屋の女将や男衆が仲立ちをした。

昔は親の借金など経済的な理由で花街に来る子がいて、水揚げは当人の気持ちとは無関係に通り抜けなければいけない儀式のようなものだった。

いまは自発的意志で職業として芸舞妓を選び、経済的支援を受けるための水揚げという風習はなくなった。


お客さんとの関係も変わってきています。

昔は襟替えのときに旦那さんの世話になりましたが、いまは旦那さんになる人も少なくなりました。

無理に旦那さんをとらされることもありません。

昔は水揚げのときには、男衆さんが芸妓さんが寝はるときの長襦袢や、明くる日のお稽古着を大風呂敷に包んでお茶屋に届けて、本衣装を持って帰るのを見て、ああ、水揚げやなとわかったそうです。

最近は見たことがありません。

以前は、水揚げ旦那といわれる人がいはりました。水揚げを一手に引き受けてくれる人です。

襟替えにはお金がかかります。屋形では旦那を持たせたいけど、適当な人がいないというときにはお茶屋に相談します。ちょうどええ人がいないときはその方にお願いに行ったようです。

水揚げだけの旦那さんなので、役目が終わったら関係はなくなります。旦那さんを頼むときだけでなく、別れるときもお茶屋の女将や男衆さんが間に入ることもあったようです。

その場合、そのあとも芸妓さんや旦那さんが花街にいやすい配慮がなされました。おかあちゃんは襟替えの旦那さんを男衆さんによう頼んでいました。

昔は舞妓さん芸妓さんを遊ばせてくれる粋なお客さんもいはりました。遊ばせるというのは、花代は払うものの、自由に好きなことをさせてくれるというものです。ヨーロッパ一か月という豪勢なお客さんもいたらしいです。東京に来た折にディズニーランドに行かせてくれたり。服装も普段の洋服です。それに花代をつけてくれるのですから、芸妓さんらにとっては有難いお客さんです。

そんな方は少なくなりました。

ご祝儀も変わりました。

芸妓さんが三人なら、本来三人とも同額です。

「僕が渡してもええな？」と聞いて均等に渡してくれるお客さんは、ええとこあるなと思います。

こっそり一人の芸妓さんだけに渡すのは行儀が悪いんです。

ときどき「女将さんにも」というてくれはる人がいます。

昔は財布ごと渡されて、「適当にあげといて」といわれたこともありました。

「女将も取ったか?」

「うちもいただいてよろしおすか」

「バイトの子にもあげや」

そんな人がいはりました。

昔は当たり前でも、いまは渡す人のほうが少ないです。最低限のご祝儀は請求しているので、出さなければいけないものではないですから。

ご祝儀も時代ですね。

新幹線で舞妓さんと一緒になって、ちょっと喋っただけなのに、あとから花代の請求が届いたという話は聞いたことがあります。

それもありうるというか、あっても仕方ないと思います。

お客さんも、ようつき合うてくれたなと、舞妓さんにチップをあげて、舞妓さんも女将さんに報告すればええんです。

昔は通りで舞妓さんがお客さんに会って、喫茶店でお茶でも飲もかということになったら、お客さんがお茶屋に電話して花代をつけてくれはりました。

遠出のときは、うちが一緒やったから、あとで花代の請求ということはなかったです。

新幹線で移動のときは、必ずついていくようにしています。

これも時代やから仕方ないのかもしれませんが、時間や料金のことをいう方が増えてきました。

これまではざっくり六時から九時まで、宴会というと三時間でした。それを二時間といわはります。

切符や料理を含めて全部手配するのが本来のお茶屋の仕事でした。そういうお客さんは少なくなりました。

昔は芸妓さん舞妓さんを育てるお客さんがいたと思います。

芸事に目が肥えていて、井上流の舞が好きなお方に、

「もっと稽古せなあかんで」

といわれたこともあったでしょう。

いまはお座敷でもケータイばかりいじくるお客さんがいはります。

芸妓さんにとっても、怖いお客さんやうるさいお客さんがいなくなったのは、楽なようで怖いことではないでしょうか。

学者さんが大事にされるというのはいまもそうです。祇園町に限らず、京都というところがそうなのかもしれません。

おかあちゃんは京大生というだけで大事にしたはりました。尋常小学校しか出てないので、学生さんは偉い、京大生はさらに偉いと思たのかもしれません。

祇園の芸舞妓の数も減っている。

『京まんだら』が書かれた半世紀ほど前は、お茶家は百四十三軒、芸妓は二百二十人、舞妓は二十二人となっている。戦前はその倍はいたらしい。

昔は人数が多かったので、都をどりも一生懸命稽古をしないと出られない、いい役がつかないということがあった。

祇園生まれの祇園育ち、舞妓さんからあがって襟替えをして芸妓さんという生え抜きはさらに少なくなりました。

昔は家娘が茶碗を洗ったり、洗濯をしたりすることはありませんでした。水仕事をしたら指がささくれ立ちます。

お使いにも行かせません。大根や煙草の値段は知らないほうがええんです。白粉《おしろい》もどこどこの誰々といえば、お金を持たなくても買えます。

お座敷というのは非日常のハレの舞台なので、浮世離れしていたほうがええ。

昔は芸妓さんになる子は、子供の頃から糠袋で身体を洗って、糠袋の中には肌をきれいにする黒砂糖や鶯のフンが入っていたりしたそうです。

いまは奉公ばかりです。

奉公という言葉も使われなくなりました。

言葉も時代と共に変わりますが、花街言葉は昔と変わってないと思います。

舞妓さんになりたいと屋形に来て、一年の仕込みの間にいちばんに覚えるのが京言葉、しかも花柳界の言葉です。

「おまちやしとくれやす（お待ちください）」

なかなかいえるものではありません。

それでも話してるから大したものと思います。十代だから慣れるのは早いのでしょう。

他にも掃除やお使い、先輩のおねえさんに男衆さんが着物を着せに来たらお手伝いをして、着物や帯の畳み方から全部覚えます。それまでの生活とはまったく違うので我慢ばかりと思います。

仕込みさんや舞妓さんも大変ですが、寝泊まりさせている屋形のおかあさんも大変でしょう。朝昼晩とご飯を食べさせて、お風呂に入れて、正座に慣れない子に坐り方から行儀作法を仕込んで。


うちらよりずっと、昔と変わってることを実感してるのと違いますか。

よそのお子を、それも多感な時期に預かるのは、それはもう大変。うちにはとてもとても……。

女社会のイケズというのは、あるんですか？

それはよう聞かれます。

屋形や芸妓さん同士ではあるのかもしれませんが、うちらには見せません。

お客さんやお茶屋には嫌われてはいけないと考えてはりますから。

イケズかなあと思たのはこういうときです。

ある芸妓さんが他からお座敷がかかって、先にお座敷を出なければいけなくなりました。

「おねえさん、お先に」

と自分より大きいおねえさんに挨拶します。ところが挨拶されたおねえさんは、お客さんと喋っていて気づかないふり。

そういう場面を何回か見たことがあります。

見るに見かねたときは、

「××さんが挨拶してはるし」

とおねえさんにいいます。挨拶に気づいてないことはないでしょう。

次のお座敷がかかった芸妓さんは、まず女将のうちのとこにいいに来ます。

「すんまへん、失礼します」

普通ならそれで気づくはずです。そういう動きを見てないのは目配りができてないことにもなります。

年功序列の縦割り社会です。

おねえさんがお酌をした徳利の傾げ方で、お酒が少ないとわかれば取りに行きます。

「お酒がない」

といわれてからでは遅いんです。

出たての舞妓さんは、おねえさんと同じお座敷になると、かわいそうなくらいぴりぴりしています。

舞妓さんのなり手も、いまは平成生まれになって変わったと思います。

それでもお座敷で見ている限りでは昔と変わりない。行儀作法はきちんと身についています。おねえさんを立てる、おかあさんを立てる。自分より年上の諸先輩方に対しては失礼がないように、なにかいわれても、それは違うと思ても、とりあえずすんまへんという。

いまだにそうやと思います。

出て一年目の舞妓さんは、真冬でもショールができないんです。

お稽古に行くときは常着で、やっとショールができるようになった妓でも、門でうちと会うと、「あ、おかあさん」というて、ぱっとショールをはずします。

「さぶいし、着とき」というても着ようとしません。お茶屋の女将だけでなく、先輩のおねえさんに会ってもそうです。

それと真夏の日傘です。

日傘も一年間はさせません。一年経ってさせるようになっても、向こうから歩いてくるのがうちとわかったら、ぱっとすぼめます。

さしたままでは行儀が悪いことになるんでしょう。熱中症になるんやないかと、見ていてかわいそうです。

昔は芸ができる芸妓さんから売れていきました。

いまは若い子から売れていきます。

芸も話題もないのに、ただ若いだけではおもしろくないと、昔はお客さんのほうがよう知ってはったんですね。

お座敷で変わったなと思うのは、お客さんに、

「どこの出身？」

と聞かれて、まず京都の妓はいはらへんと思います。昔は九州出身でも東北出身でも、

「京都どす」

というてはりました。いまは平気で「福岡どす」「秋田どす」と答えるようになりました。

隠し立てをしなさいとも教えられてないのでしょう。

お客さんも話題の一つとして聞かはるのかもしれませんが、昔はそんなことは聞きませんでした。

「どこの屋形？」というのも同じです。

お座敷の話題はものすごく変わったと思います。若いお客さんのときは、頃合を見てうちは下がって、あとは芸妓さんらに任せます。

昔は宴会の前にひと風呂浴びて、浴衣に着替えてからというのがあったようです。

「みの家」でもお風呂に入って、浴衣に着替えて、按摩さんをよんでというお客さんがいはりました。身体をもんでもらいながら、どこからか三味線の音が聞こえてきて……それも風流やった

んですね。

よそのお茶屋さんでは、南座の顔見世に出ている役者さんが、お茶屋を家代わりに使って、お昼寝をしていたそうです。

昔は雑魚寝というのもあったらしいです。

お客さんと芸妓さん舞妓さんが枕を並べてお茶屋に泊まるんですが、もちろん男女のことはなしです。

「どっか、ええとこ知らん？」

ちょっと前はおすすめの料理屋さんを聞かれることがありました。

「萬養軒」「三嶋亭」「吉兆」「川上」……、うちがすすめるのは古くからのとこばかりですが。

いまのお客さんは聞かはらしません。自分でネットで探すんですね。

ネットといえば、都をどりの切符がネットで買えると知ってびっくりしました。


「みの家」で働く人も変わった。

仲居をはじめ、適当な人が見つからず、いまは京大生に手伝いを頼んでいる。

全員が同じ大学では、試験の時期が同じで、休む日も同じになってしまうなど悩みは多い。

舞妓さんらは電信柱にも挨拶せよ、と教えられますが、

「ただいま」

とうちが帰ってきても、手伝いの子たちは返事をしないときがあります。

「おかえりやす、ぐらいいいえんか？」

つい口をついて出てしまいます。いってらっしゃい、おかえりなさいは挨拶の基本と思います。

「さぶかったわ」

そういうても反応がありません。

「大丈夫でしたか？　ぐらいいうもんや」

そうつぶやいたら、

「気いつけます」

気いつける以前の問題やと思います。

そう思う一方で、ひょっとしたら珍しいことではないのかとも考えます。

一人暮らしをしていたら、誰かに挨拶する習慣がない。親が共働きなら、家に帰っても迎えてくれる人はいない。

挨拶する場面を知らないのではないでしょうか。

いただきます、ごちそうさまでした、というのも生活の基本と思います。

手伝いの子たちはうちで夕ご飯を食べますから、お茶碗やおつゆ椀の持ち方から教えます。

お箸は一回で取るのではなく、三回に分けて持つことも。

急須と土瓶の違いもわからしません。

お煎茶なら急須、ほうじ茶なら土瓶。まあペットボトルの時代で、お茶なんて入れたこともない子たちですからね。

きょうびの子は……。ついため息が出てしまいます。

テレビドラマでも気をつけて見てると、ご飯を食べる場面でこれは違うというのがあります。テレビの人も若くなったから、ダメ出しをしはらへんのでしょう。手伝いの子たちも、知らなかった、先輩たちもみんなそう持ってるからといいます。

そやから、うちがいうんです。

「うるさいと思ても一応聞いてや。本来のお茶碗の持ち方はこうです。身につけるかどうかは任せますが、うっとこで食べるときだけは守ってくれるか？」

大学を卒業して、ひょっとして出世して、すごい方にご馳走になったときに恥かくえ、とつけ加えました。

つくづくお茶事というのは理にかなっていると思います。

手伝いの子たちには、うちがいうたことをいうた通りにやってほしいというてます。

たとえばお掃除です。

「今日はどうしましょう？」と聞いてくるので、

「一階は掃除機を全部かけたので拭き掃除だけ、二階は掃除機と拭き掃除をしてね」と答えます。機嫌よう、「はい」と返事をしたので、任せてお帳面の部屋にいると、ちっとも掃除機の音がしません。おかしいなあと思て二階に上がっていったら、拭き掃除をしています。

「掃除機は？」と聞いたら、あっというように思い出して、

「どうりでこんなに汚れていると思いました」

だからいうたでしょう、というのは呑み込みます。いまの子に気働きというても難しい、というより通じないかもしれません。

ひと昔前の子はよう働いてくれました。

女の子は着物も喜んで着ました。

「うちが着るのを見よし」

着付けのコツをいうてあげると、ちゃんと見てマスターしました。

女の子が三人いたときは、誰がいちばん早く着られるか、何分で着られるかを競い合っていました。

競争心というか向上心があったんですね。

いまの子は着物にも関心が薄いのでしょうか。着物が置いてあっても平気でまたいでいく子もいます。

いまは女の子も作務衣です。うちの動き方を見てと、手伝いの子たちくも膜下出血をするまでは、うちも気張ってました。うちの動き方を見てと、手伝いの子たちにも教えて。いまはうちのほうが動けなくなってしまって。

若い子を教えるには、集中力、根気、忍耐力がいります。

独り立ちをするのに一か月かかります。

ちょっとびっくりしたのは、いまの子は引き継ぎをしないんですね。

芸妓さん舞妓さんに限らず、見習い、見習われて受け継がれていくことがあると思います。前はうまいこといってたんですが、いまの子は新しく入ってきた子の面倒をみることはしません。

お富さんがいた頃なら仕込んでもらえたんですが……。

いうほうも嫌、いわれるほうも嫌。だからいわれる前に、というのはもう通用しないのでしょうか。

やっとこさ覚えてくれたと思たら、就活と就職でやめていきます。うっとこでいわれたことが、一つでもその後の社会生活で役に立ってくれたらと願います。

かんざし職人、かつら職人、京友禅と西陣織の帯職人、足袋職人……。

お座敷の芸舞妓の装いは幾人もの職人によって成り立っている。世代交代が行われている業種もあるが、あと継ぎがいなくて廃業するところも少なくない。

変わったといえば髪結いさんもそうです。

どんどんやめていかはります。祇園町にはもう数軒しか残ってないのではないでしょうか。あと継ぎがいないこともあるかもしれません。普通の美容師のように、学校を出てすぐ仕事ができるわけではないのでしょう。

昔はタクシーを待たしておいて、梳きつけを十分でしてくれるとこに行ってました。そこがやめはって、おかあちゃんが行ってた髪結いさんにうちも行くようになりました。手早くはないんですが、丁寧でよくもちました。ところがそこもやめてしまったんです。

どこかないか芸妓さんに聞いて行ったとこもまたやめて、違う店を紹介されました。そこは「一日アタマ」とよんでいる髪結いさんで、手早くて三十分ぐらいで仕上げてくれます。だからもつわけがないんです。「抱き合わせ」というスタイルもわからないといわれました。昔の髪結いさんとは手が違うんです。うちの好みをいうて、「ここ、へこませて」と注文をつけても、それは無理です。

髪結いさんに限らずですが、無理を聞いてくれるところがなくなってきました。

この頃の若い人は毎日シャンプーが当たり前なんですね。

うちが小学生のときは、あばが一回分の粉をくれたら今日は髪を洗っていい日だとわかりました。週に一度でした。昭和三十年代の話です。

いま、うちより若い髪結いさんには、

「堪忍え、髪洗ってないけど、汚れてないと思うわ」

そこまでいうて気を遣います。

芸妓さん舞妓さんも髪結いさんに来はります。

芸妓さんになればかつらですが、洋髪のときは髪結いさんです。

舞妓さんは地毛で、最初は割れしのぶ、次がおふく、そして先笄と決まっています。お正月や八朔の正装のときは奴島田、祇園祭は勝山です。

一度結ってもらったら一週間もたせるのが当たり前で、寝るときは高枕です。そんな枕は使ったこともないでしょう。毎日シャンプーしてた子たちがよう我慢していると思います。

髪結いさんもそうですが、かんざしを注文したいと思ても、もう職人さんが限られていると聞きます。舞妓さんの高価なぽっちりの修理もそうです。ぽっちりとは舞妓さんのだらりの帯に使う大きな帯留めのことです。

店出しのときの目録を描ける職人さんも少なくなっているようです。

「職人さんがいはらへん」

祇園界隈で、よう聞く話です。

京都では見て見んふりで、ずかずか入っていくのは厚かましいとされてきました。

それでも入ってきはる人はいます。

観光客です、それも外国からのお客さん。

いまは花見小路を歩いても観光客ばかりですが、昔はそんなにいませんでした。

その分、祇園町も静かでした。

お座敷が終わったあとのお客さんのお見送りは、昔は姿が見えなくなるまでしていました。

花見小路の角までは遠いので、場所によりけりですが。

お車の場合でも、玄関は開けっ放しにして、お座敷に出ていた芸妓さんらは上がり端の畳に手をついて見送りました。

昔はそれが普通でした。

いまは玄関が開いていると、通りかかった外国の観光客が写真を撮らはります。

花見小路では中に入ってくるそうです。人通りの少ないうっとこでそうですから、推して知るべしです。

うちが「みの家」に戻った四半世紀前は、

「あ、舞妓さんや」というぐらいでした。写真を撮る人はいませんでした。

いまは写真のフラッシュです。だから玄関はすぐ閉めます。

やがてかけこもらましかば、口惜しからまし……「徒然草」の一段を思い出します。

風流に見送りたいのは山々ですが、いまの時代は致し方ないのかもしれません。

# 第八章

# お茶屋の暮らし

朝ご飯にいただくのは仏さんのお下がりです。前の日に仏さんにお供えしたご飯をタッパーウェアに入れます。それをおかゆにして塩昆布を添えたり、卵を落として雑炊にしたり。かす汁に、お揚げや里芋、大根やにんじんと具だくさんに入れていただくこともあります。

お昼は洋風です。

いま気に入っているのは、お林檎を薄く切ってバターで炒めてから、お水を入れてとろとろに煮ます。それにシナモンシュガーやプレーンヨーグルトをかけていただきます。

パンは烏丸御池《からすまおいけ》によく行く店があります。オリーブパンが人気で、他では見かけない珍しい種類もあって、小さいお店ですが、外まで人が並んでいることもあります。

京都はパンの消費が日本一なんです。だからパンの激戦区なんですね。前に行ってたお店は、オリーブやクルミが入ったパンがおいしかったのですが、閉店してしまいました。

年と共に食が細くなりました。ちょっと前までは、夏ならざるそばや冷麺といった麺類が大好きで、ええたらこをもらったらパスタにあえたりしていました。いまは手伝いの子のために料理を作るようなものです。コーンスープに牛乳を入れて食事代わりにすることもあります。

その代わりお菓子は大好きです。

和菓子のおすすめですか？

「亀屋伊織」さんはお干菓子です。

四百年ぐらいの歴史があって、お茶会のお干菓子だけを注文で作っているお店です。短冊形の煎餅に白砂糖をかけた滝せんべいというのがええのです。吹き寄せ三種、季節のものを五人分というように注文します。

「亀末廣」さんは「京のよすが」という詰め合わせが知られています。

「植村義次」さんがやめはって、洲濱を作ってくれるところがなくなりました。洲濱というのは水飴と砂糖と大豆の粉で作る京菓子です。うちの斜め前の「するがや祇園下里」さんは飴が有名なんですが、ときどき洲濱も作らはります。

朝会うたときに、

「今日作ります」といわれると、

「ほな、五つほど頼みます」と注文します。

いただきもののお菓子はまず仏さんにお供えしますが、お下がりの和菓子をお薄でいただく一服は至福のひとときです。

食べ物の好みもおかあちゃんに似てきたと思います。

若い頃はかぼちゃの炊いたんなんて見向きもしませんでした。旅館の「吉むら」でよう炊いてはって、やめてからでも里芋を炊いたりしていましたが、「うちはいらん」というてました。

それが好きになったんです。

お彼岸でもお盆でもないのに自分でかぼちゃを炊いたりします。

好みは変わるものですね。

お出汁は昆布とかつお節を使っていました。

昆布を前の晩から水につけて、火にかけて吹き出したらかつお節を入れて、それを濾《こ》して。

あるとき「象彦」の奥さんに、騙されたと思て「茅乃舎」のお出汁で大根を炊いてみてといわれました。

アゴが入ってて香ばしいんです。それから病みつきになりました。

葱や土生姜を刻んだのは小分けにして冷凍し、おそばや甘酒に使っています。

お客さんのおつまみは乾きものが主です。チリメン山椒や千葉の茹で落花生、いただいたお漬物をお出しすることもあります。

茹で落花生はお酒にも合い、柔らかいので年配のお客さんにも好評です。

うちの得意料理といわれても……。

「吉むら」をやってたときは、朝食用の鮭を焼いたり、煮物や和え物を作っていました。朝食しかお出ししてなかったので、心を込めて作りました。

おせち料理は御仏前にお供えするために作ります。黒豆や叩きごぼう、さつま芋のきんとん。こんにゃくやにんじん、里芋を昆布出汁だけで炊いて、小さい二段のお重に詰めます。

お正月にお客さんが来はったときは新年用の器でお出しすることもあります。結婚してたときは、お義母さんに教えてもらって糠漬けをしました。別れたときに糠床をもらいました。

「吉むら」でも糠漬けをやっていたので、糠床を分けてもらって、「チマ子」でも出していました。

電子レンジはありますが、料理には使いません。新しい物好きのおかあちゃんが買わはったんです。

おしぼりを温めたり、お酒の燗《かん》をしたりするのに使てます。ちろりで温めたほうが風情があるのですが……。

常のご飯は質素です。ご馳走はお客さんと食べるものと思てました。

ハレとケ。

京都は食事も、常と改まったときに分かれる。お番菜、番茶というように、「番」には日常の、粗末なものという意味がある。番傘や番槍も同じ。

お台所に馴染みのお客さんが来はったときは、出前をとることもあります。

近所の「いづう」さんはサバ寿司が有名で、お土産に頼まはるお客さんもいはります。

季節のものなら蒸し寿司。鰆《さわら》の焼いたのや貝柱、しいたけをご飯と混ぜて、上に穴子や錦糸玉子が乗っています。寒い時期しかいただけないものです。

おうどんなら「おかる」です。

芸妓さん舞妓さんもよく行くお店で、カレーうどんが人気ですが、夏なら冷やしうどんがあります。チーズやカツもトッピングできます。北海道の天然昆布やサバ、カツオでとったお出汁が効いているので、お店にお連れしても喜ばれます。

「だいぬき」というのを知ったはりますか？

うどんは抜いて、汁や具だけを注文することです。夜中に芸妓さんらがなにか食べたいというたときに、胃にもたれないようにするためです。

だいぬきを知ってるのは、よほどのお茶屋通のお客さんですね。

富永町にあった「たから船」のオムライスやカツライスもよう頼んでました。

舞妓さんのおちょぼ口でも食べれるように工夫しているお店もあります。

結婚していた頃は一日と十五日は小豆がゆ。八日はあらめ（海藻の一種）とお揚げとひじき。三十一日はおから。もううろ覚えですが、食べるものが決まっていました。

お町の古い家というのはやっぱり違うと驚いたことがあります。その日に食べるというのは、なにか理由があるのでしょう。

それぞれの家で決まったものがあるのかもしれません。

いまでも小豆がゆや七草がゆはいただいています。

お茶屋の玄関は表札と小さな鑑札がある程度で、いつも格子戸が閉まり、外からはなんの店なのかもわかりにくい。

間口が狭く奥が長いうなぎの寝床といわれる町家には、裏と呼ばれる炊事場や洗濯場がある。人目に触れることはないが、物は常に定位置に置かれ、掃除が行き届き、暮らしの知恵が息づいている。

お座敷は華やかですが、普段の暮らしは始末しています。

始末とケチは違うと思います。始末家さんやな、というのは物を大事に使てるということでしょう。

お台所の電話の横に置いてあるメモ用紙は包装紙かチラシの裏側です。

スポンジも新しいのは食器用、くたびれてきたら灰皿用に回して、それが古くなったらようやく捨てます。

大根の皮は捨てずにきんぴらに使います。にんじんの皮やブロッコリーの茎も刻んでチャーハンに入れたりします。お揚げの破れたのや湯葉の切れ端も捨てません。

それくらいのことはお町の奥さんでもしてはるんと違いますか。

お皆あばは、座敷をほうきで掃く前にお茶殻をまいてました。埃が飛ばないようにお茶殻に吸わせてから掃く。

生活の知恵ですね。

古新聞を濡らしてまいてたこともあります。

掃除をするときは、はたきとほうきと雑巾が三種の神器でした。

掃除機を買って二十年ぐらいになりますが、それまではほうきでした。掃除機は便利ですが、やっぱり家を傷める気がします。

掃除を始める前に、まず天井を見ます。

天井の煤《すす》です。足元は見ても、頭の上はどうしても疎かになります。

いくら畳をきれいにしても、上から煤が落ちてきたらどうにもなりません。

旅館のときは必ず畳に寝転がって天井の煤を点検しました。いまでもときどき煤がないか確認します。

うちらの背丈でも、日本の家屋ははたきのいちばん端を持って爪先立ちをしたら天井に届くようになっているんですね。

雑巾がけは畳目に沿って拭き、畳のへりは色が落ちるので拭きません。

昔、お客さんから幸田文の『父・こんなこと』『幸田文しつけ帖』という本をいただきました。

父親の幸田露伴に、雑巾がけから身だしなみまで厳しく躾けられた暮らしの知恵が書かれています。

あとみよそわか――あとをもう一度振り返って、粗相がないか気を配りなさい。

あれには感じ入りました。

はたきをばたばたかけるな。みっともない格好をするな、女はどんなときでも見よいほうがいい。雑巾は刺したものより手拭いのような一枚切れがいい。バケツの水は六分目で、水はすぐ汚れるからたびたび取り替える。いつの間に仕事ができたかというように際立たないのがいい……。

できるだけ真似しました。

表の紅殻格子ははたきをかけて雑巾で拭いています。毎日はできませんが、格子戸に埃がたまるので疎かにできません。

玄関のたたきは埃を掃いてからじょうろで水をまき、デッキブラシをかけます。

雑巾を絞ったあと、しぼった手をどう扱うか。濡れた手からはしずくが落ちて斑点を作る。それが見苦しいと幸田文の本にありました。

そこまでは意識していませんでした。

手早にせかせかと仕上げた掃除は、手落ちがなくてもあとにせかせかした空気が残る。

水の扱えない者は料理も経師も絵も花も茶もいいことはなにもできない。

なるほどと思いました。

足袋の洗濯はお風呂場でします。

クリーニングに出したこともありましたが、やっぱり自分が身につけるものは自分で洗いたいです。洗濯機では汚れが落ちません。石鹸をつけて、表と裏をブラシでこすります。昔は繕っていましたが、いまはもう捨てています。親指の爪のとこ
ろが擦り切れてきたら新しいのをおろします。

衣類の洗濯は洗い上がったら叩いてしわを伸ばします。

半分に折って、また半分に折って叩くんです。ひと手間かけることで、だいぶしわが伸びます。

布巾もタオルも手伝いの子の靴下もそうします。

乾燥機は使いません。コインランドリーに行ったときは、便利なものと思いましたが、しわくちゃになるのはかないません。

祇園町では通りから見えるところに洗濯物は干していませんね。

物干し竿に干すときもこだわりがあります。

全部同じ向きに干すんです。

タオルならラベルがついてますね。それを左下なら左下、右なら右と揃えて、全部同じ向きにします。乾けばいいものではなくて、見た目の美しさが大事です。

うちの癇性病みの性格かもしれませんが。

洗濯の際に干すのを丁寧にする、畳むときに形よくする、という幸田文の洗濯習慣は身につい

ていました。

京の着倒れといわれるが、花街ならなおのこと。常に仕立てた着物を何枚か用意し、いつでもおろし立てのものが着られるようにしている。

季節によって着物を替えるように、帯も三月までは織り帯。四月、五月が染め帯で、夏は六月、九月が絽の塩瀬の染め帯。七月、八月が紗の染め帯になる。

着物は毎日同じものを着ることはありません。大抵小紋ですが、縞の無地っぽいもの。柄があるとしてもちょこちょこっと裾のほうにあるぐらいで。縞の着物が好きなので何枚も持っています。やっぱり地味なものが好みです。若い頃からそうでした。

お正月のお客さんは色無地の紋付でお迎えしました。

その日の予定で、どの着物にするかはすっと頭に浮かびます。着物を選ぶのも仕事のうちです。ご飯食べにしても料理屋さんの雰囲気で、今日はかたい着物でもいいとか。かたい着物は遊び着で、宴会で着ることはありません。

おかあちゃんは派手な着物が好きでした。うちとは正反対です。もったいないと思て着てみたら、お富さんに、「やめときよし」といわれました。

体形も違うし、似合わなかったのでしょう。

着た着物はすぐに畳まないで、しばらく吊るしておきます。だから虫干しはしたこともないし、見たこともありません。

着替えの部屋には着物のタンスが二棹。あとは二階の押し入れです。

他に小さいタンスが二棹あって、染め帯を入れています。夏の帯と冬の帯の入れ替えは人にも手伝ってもらいます。

昔作ったええ着物は、いま見てもええと思います。古びることはありません。

一流のものと、いまのブランドものは違うのではないでしょうか。西陣織の帯や京友禅の着物はいつになってもええと思います。

小学生の頃から、

「家でもおべべ着たい」というて、着せてもらっていました。中学では汚れてもいいようにウールの対。夏は浴衣を自分で着ていました。

いまでも改まった席は着物です。三十代半ばから、よそ行きの洋服は買わなくなりました。

着物は慣れと思います。

一年に一回より二回、二回より十回。着る機会が増えるほど慣れてくる。上手に着たいと思たら、まず慣れることです。

「どうしたらラクに着てるように見せられますか？」

と聞かれたことがあります。確かにうちはラクに着ています。帯をきつうには締めてません。着付けのときに着物のおはしょりの下の紐をしっかり締めると、あとはゆるくても着崩れしません。それから帯締めをきっちり締めること。締めてから帯のたるみを指先で直せばいいんです。

「真夏でも涼しげに着物を着こなす人」

そんな特集で「クロワッサン」に載ったことがありました。涼しげに見せるには背中に汗を集中させます。そうすれば背筋も伸びます。

背中に汗かけと念じました。一種のおまじないですね。

着物の汚れが気になったら、丸洗いか洗い張りか、悉皆屋さんに相談します。悉皆屋さんも昔からのとこがありましたが、みんなやめていきました。

着物の専門家がいなくなるのではないかと心配です。

帯留めはいろいろ持っています。

いただきものもありますが、ほとんど自分で買うてます。

いただいたものを身につけて相手にお披露目するかどうかは相手の方次第でしょう。

十二支の帯留めもありますが、一つか二つ欠けています。

お正月は紅白の紐で折り鶴になっているものを使いました。藤の花や鯉、銀細工の団扇もあります。虫籠の中に銀細工でこおろぎが入っているのは盛夏です。

それは気に入ってるので、自分でかがって使てます。

それぞれに季節感もあって、見ているだけで楽しいです。

バッグは「井澤屋」さんのものを愛用しています。

芸妓さんや南座に出演する役者さんも贔屓にしている和装小物屋さんです。西陣織の生地を使った井澤屋オリジナルの葵バッグは人気です。着物のように季節によっても替えます。

高いもんですけど大事に使てます。同じものばかり持たないほうが長もちしますね。

掌サイズの巾着付きの手鏡や、縮緬刺繍入りの名刺入れや足袋入れ。祇園の風物詩の福玉も売っていて、なかなか楽しいお店です。

バッグの中身は、小さい手鏡にお財布にケータイ。名刺入れと口紅。携帯用のミニ般若心経経本と献体登録カードです。

般若心経は出先で開くことは滅多にありませんが、バッグの中に入っているだけで心が落ち着きます。お守り代わりですね。

愛着のあるええ着物は古くなってもなかなか捨てられません。

そういうときはお座布団にします。おかあちゃんが気に入っていた着物は襖に貼ったり、掛布団やおこたに再利用します。

布団屋さんに頼めばしてくれはります。

うちは糸針が苦手で、嫁ぎ先でも見かねたお義母さんに、

「もうええわ」といわれました。

化粧品は特別なものは使っていませんが、節分の「お化け」のときに、お化粧を落とすのは資生堂のオイデルミンがいいと舞妓さんに教えてもらいました。ピンク色の液体で五百円ぐらいですが、よう落ちて「舞妓の必需品」だそうです。

おかあちゃんはよう白粉紙を使っていました。コンパクトの代わりですね。

普段化粧はしませんが、化粧品は六道さん（六道珍皇寺）のそばの雑貨店で買うてます。中学の同級生が家族でやってはる店で、トイレットペーパーも届けてくれるので、寄っては買うてました。祇園に越したあとも、届けてあげるというのでそうしてもらっています。

お茶屋や屋形は寝起きする住まいが一緒になっている。東京の赤坂や新橋の芸者は必ずしもその町に住んでいるわけではないので、芸舞妓が町中に暮らしている祇園町では独特の情緒が生じる。

「みの家」の建物は昭和初期に建ったもので、百年は経っていないようです。

それでも古い家なので維持が大変です。

水道管を隠している青竹や、坪庭のつくばいのとこの青竹も、毎年替えたいのですがなかなか手が回りません。

冬はとにかくさぶいです。隙間風もありますし、底冷えがします。

今年の雪の日には、つくばいの水が凍りました。

冬に暖かく暮らす工夫といっても、ヒーターとホットカーペットぐらいしか……。もちろんお座敷は暖房が入りますが、住まいで火鉢を使っていたのは小学生までで、それからはストーブになりました。

ヒーターをつけてもさぶいときは、家の中でもコートを着たいくらいです。お風呂場にもヒーターを置いたときがありました。

とにかく厚着です。トレンカ（女性用タイツ）を二枚重ねてはいて靴下も二枚、ズボンも二着。アンダーシャツも二枚、長袖のインナーも二枚。その上にハイネックを着て、さらにセーターです。

肩には専用のカイロで、背中にも腰にも入れています。お座敷の着物姿からは想像できないと思います。

一陽来復の冬至のゆず湯は冬場の楽しみの一つです。

確かに風邪は引かなくなりました。

家の中にトイレは三か所あります。

一階に二か所あるんですが、お富さんのトイレと仲居さんのトイレは違いました。昔は働いている人によって使うトイレが決まってたんですね。

芸妓さん舞妓さんは二階のトイレは使わないという決まりがあります。なぜそうなったかはわからないですが、昔からうちに出入りしている妓たちは守ってくれています。

――家のつくりやうは夏をむねとすべし

京都の町家は「徒然草」にあるように夏の暑さに対応した造りになっていて、夏は風通しがよく涼しい。

初夏と秋に建て替えといわれる座敷の模様替えをする。

五月の最後の日曜に建て替えをします。

障子と襖をはずして葦戸と御簾に替え、夏座敷に模様替えをします。

葦戸は強い光を遮り、涼しい風を通してくれます。

「昔は網代《あじろ》もあったで」

と古いお客さんがいうてました。網代というのは畳の上に敷く籐の敷物で、足触りも気持ちがいいのですが、うちは覚えがありません。

建て替えのときは、お寿司屋さんの大将と高校の同級生、手伝いの子たちが集まってくれます。

建具の入れ替えが終わったら、掃除機をかけて拭き掃除。食器やお座布団の入れ替えもします。

手伝いの子らが帰ったあとで、拭き忘れたとこや入れ間違いを直したりして、丸一日仕事です。

食器の入れ替えは季節ごとは難しいです。椿の柄なら冬から春、金魚なら夏。年に二回入れ替えるようにしています。

陶器は大好きです。

好みのものはいろいろありますが、白井半七がとりわけ好きです。

吉兆の湯木貞一さんが可愛いがっていた方で、吉兆好みといわれる器やお湯呑みがあります。

仁清や乾山写しの華やかな京焼の作風が特徴です。

半七のお湯呑みはおとうちゃんがお茶を飲んでいたものです。清水から引っ越すとき、ハンカチに包んで一個ずつ運びました。ビールグラスはもう二個しか残っていません。うちがお正月に飲むときに使いますが、洗うのは素面《しらふ》になってからです。

うっかり割ってしまったら代わりはありません。

おとうちゃんの大事な思い出です。

おとうちゃんの灰皿や、うちが生まれたときに買うてくれた貯金箱はいまでも大事にしています。おかあちゃんみたいに看取ってないので、浮かぶのはいつも若い頃のやさしかったおとうちゃんです……。

夏になると衝立《ついたて》も葦戸にします。風鈴を吊るし、切子ガラスのような目に涼しいものを並べます。

花氷はお茶会で見かけたことがあります。岡崎の「つる家」さんに行ったとき、大きな氷柱の中に青紅葉を入れた立派なものが飾ってありました。

「みの家」も夏に季節のミニチュアの小袖を飾ったりしています。いまはもう羽織を着る機会もないので、無双の羽織を差し上げたら、衣桁をつけて仕立て直してくれた人がいました。盛夏のしつらえにしています。

季節感はあまり早過ぎてもいけないし、半歩先取りぐらいと思います。夏から秋への建て替えは、九月のお彼岸ではまだ暑いので、十月に入ってからにします。日が短くなるので一日では終わりません。

障子や襖の張り替えや、したいことはたくさんありますが……。

男手がないので、簡単なことは手伝いの子に頼みますが、本格的なことはできません。電気屋さんや工務店の大工さんにお世話になっています。この前の大雨で樋《とい》から水があふれたときもすぐに来てもらいました。

かつて祇園湯という銭湯があったが、女社会の祇園では銭湯も男湯より女湯のほうが広かった。

祇園は狭い町。

××おかあさんが風邪を引いた、◯◯おねえさんが店を出すらしい……。

そういった噂はすぐ広まり、電話より早いといわれるほど。

芸舞妓の色恋も、次の日には皆知っているともいわれるが、噂が町から外に出ることはない。

お茶のお稽古は六十の手習いで始めました。

高校のときにお琴、大人になってから鼓のお稽古に通っていましたが、なかなか続きませんでした。

いくつになっても、新しいことを知るのはええ刺激になります。もうちょっと早く始めたらよかったと思います。

お稽古場はすぐ近くなので、着物は着ますが、お化粧はしません。皆さんきれいにして来はりますが……。

お茶会にうちのお茶室を貸すこともあります。庭の掃除が大変といいながら、結構楽しんでいます。

植木屋さんは「吉むら」の頃からの方がいたんですが亡くなってしまいました。

お花屋さんもおかあちゃんの頃からのとこがあったんですが、あるお客さんが「吉むら」は洋花はあかんとか、お茶室を活用しないともったいないとか、いろいろアドバイスしてくれはりました。

それでお願いするようになったのが、「花政」という江戸時代創業のお花屋さんです。京都の古い料亭のお花の活け込みもされていて、山野草も取り扱っています。

そこの、うちが見込んだ方にお願いしています。

けど夏は花がもちません。

それでうちが活けています。お茶のお稽古のときに、ほかの方が夏草を持ってきはるんで、それをいただいて。

枝ものは無理ですが、お花のお稽古にもなります。

昔はこのあたりにも白川女《め》（白川の里から花を売りに来る女性）が来てたようですが……。

ちょっと前までは、どこに行くのもタクシーでしたが、なるべく歩くようにしています。四条の高島屋や大丸まで歩いて行きます。

芸妓さんらは華やかなイメージがあるので、電車やバスに乗るのはイメージが崩れるという人がいます。芸妓さんと違って、うちらは裏方ですから。

それに足腰が弱ってはこの先が心配です。お座敷に行くにも階段の上り下りがあります。お座敷は非日常ですが、毎日の暮らしはほんまに質素です。

最近の贅沢ですか？

そうですねえ、秋の七草を活けたことでしょうか。

いい花器をいただいて、七草を活けてみたいと思てました。けど「花政」にいうても「花重」にいうても、どこのお花屋さんでも揃わず、今年こそはと頼み込みました。結局、葛はお花屋さんでは無理で、将軍塚の近くまで取りに行きました。葉っぱだけで花は咲いてなかったですが。藤袴は北海道のものでちょっと色が薄かったです。

それでもどうにか活けました。

七草が揃ったのはその年だけで、翌年からは頼んでも無理でした。

だから贅沢なことで、その年の最高の贅沢と思います。

お休みの日は鍵をかけて家にこもっていたいと思ても、回覧板が回ってきます。そうやってご近所づき合いも続いています。

京言葉を勉強している人も訪ねてきはります。

言葉を大事にするのはええことと、うちはいいました。職人言葉や花街言葉がありますが、この町から職人が減って、言葉も使われなくなりました。

言葉は使ってなんぼと思います。

花器もそうです。ええ器もお椀も使ってなんぼ。大事に仕舞っておくのはもったいないです。

趣味というほどではありませんが、昔から小説は好きで、寝る前に「オール讀物」を読んでいました。最近は目が疲れてすぐやすんでしまいます。

寝る前に日記をつけます。

くも膜下出血のときに十年日記をいただきました。赤ちゃんのときから知ってるジョイ（ベンチャーキャピタリストの伊藤穰一さん）がアメリカから帰ったときにお土産にくれはったんですが、それがお見舞いになってしまいました。

いま、二冊目です。

くたびれてなにも書かずに寝てしまうときもあります。思い出してまとめて書くときもあります。

# 第九章

# 身近な神仏

ご先祖さんがうちに帰ってくるお盆は六道参りから始まります。

八月の七日から十日の間に、六道さんに仏さんをお迎えに行くんです。

平安時代だったか、そのあたりが六道の辻とよばれる葬送や野辺の送りをするところで、あの世の入り口といわれて、お盆に帰ってくるご先祖さんはそこを通るとされています。

京都の人は六道さんにお参りをして、ご先祖さんをお迎えしないことにはお盆が迎えられないといいます。

普段は静かな界隈ですが、お盆前は人があふれています。

まず高野槙《こうやまき》を買います。

ご先祖の精霊は槙の葉に乗って冥土から帰ってくるといわれています。

それから水塔婆（＝卒塔婆）に戒名を書いていただいて、迎え鐘をつきます。あの世にも響いて、亡くなった人が鐘の音によび寄せられて、この世に戻ってくるそうです。

その水塔婆を線香の煙で浄め、高野槙で水をかけて供養する水回向《えこう》を行い、水塔婆を納めます。

うちはハスの花や槙はお花屋さんから買うてます。

六道参りは京都の夏の風物詩で、地元の人だけでなく観光客も多いです。

早朝から鐘の音が聞こえると、ああ、今年もお盆が来たなあと思います。

六道さんのあとは、お墓の掃除に行って、お寺にも寄ります。

お盆の前には、お仏壇を掃除して飾りつけをします。

ほおずきを飾り、きゅうりやなすで馬や牛を作ります。

先々代のお上人さんが書いてくれはった飾りつけや水塔婆の立て方も残っています。毎年写真に撮って少しずつ工夫しています。

梨やぶどう、桃もお供えします。

お供え物はお盆が明けたら目病み地蔵に納めに行きます。

おかあちゃんが好きだったかぼちゃも炊きます。精進料理を作ってお供えして、お灯明も絶やしません。

お盆は店が休みのこともあって家で過ごします。仏さんが帰ってきはるのに留守にはできません。

おかあちゃんの夢はよう見ました。

亡くなる前のパジャマ姿で、髪は白髪のショートカットです。認知症の老人の後ろ姿は皆似てるんですね。

その姿を忘れたかったのですが、夢に出てくるのはそればかり。

ところがあるとき元気なおかあちゃんが夢に出てきはったんです。

あ、いま夢を見ている。これで抜けられると、おかあちゃんと二人で喜んでいる夢です。夢なのにものすごく嬉しおした。

写真を整理したおかげです。それからはケンカしたり、お酒を飲んでたりするおかあちゃんが夢に現れるようになりました。

おかあちゃんのアルバムを作ったのに、悲しいからといって開けなかったんです。もっと早くに見ればよかった。仏間の写真も季節ごとに替えるようになりました。

いまでも時間があれば写真を見ています。おかあちゃんだけでなくおとうちゃんの写真も。うちが生まれて間もない頃は、モダンな着物を着てはったんやなとか、一人で呟いています。

写真は大事ですね、夢まで変わったんですから。

その写真も、あとのことを考えるとそろそろ整理せなあかんのかなと思います。

お盆に夕顔を御仏前にお供えに来てくれはるお客さんがいます。「蘭」のお漬物のお寿司を届けてくれはる方もいます。

おかあちゃんを忘れずにいてくれはるのは有難いことです。


お盆の十三日にはお迎え団子を用意し、十六日は追い出しあらめ。湯がいたまっ黒な汁を門口にまいて厄除けをする。

昔は夜になって先祖を彼岸へ送り出すときに門火を焚いた。いまは五山の送り火になっている。


おかあちゃんの月命日にはお寺さんがお経をあげに来てくれます。

亡くなったのが六月一日なので、月末は仏具を廊下に出してきれいに掃除します。ちょうどお帳面が忙しい時期です。

お墓は真如院にあります。

歩いて行けるところなので、ときどき行きます。

お墓の前で、独り言やたまに愚痴もいうてます。

おかあちゃんは「みの家」の養女に来はったと思てたんですが、戸籍上は養子縁組がなされてなかったんです。だから苗字が違うままでした。

おかあちゃんが元気なときに、「お墓はどうするの？」と聞いたら、

「子供がするもの」といわれました。

それで亡くなってから、日蓮宗のお上人さんに事情を話して相談したんです。

そしたらおかあさんの遺骨は「みの家」のお墓に一緒に入れなさい、そのうえで吉村家の墓に変えればいいといわはりました。

その頃は借金で首が回らないときでした。お墓を新たに建てるとしたら相応のお金がいります。

うちが一人でせなあかんことも、すべて知ってて、そういうてくれはったんです。

取り繕うばかりやないと思います。恥を忍んで打ち明けたからこその有難い解決案でした。

お上人さんは葬式もうちでするのがいちばんというてくれはりました。骨壺もいちばん小さいのにしたら、さすがに小さすぎて替えはりましたが……。

だいぶ前から過去帳（故人の戒名や享年を記した帳簿）をつけています。

きれいな和紙で綴じてあるのをいただいて大事にしていました。

その頃、うちを育ててくれたお皆あばが亡くなったこともあってつけ始めました。お富さんも「吉むら」で働いていたおきみさんも入っています。

もちろん甘粕さんもです。

——大ばくち身ぐるみ脱いですってんてん
辞世の句やったそうです。

いまのところ過去帳に入っているのは五十人ぐらいです。

家族葬が増えて、戒名がわからない方が多くなってきました。


春と秋のお彼岸は中日にお寺に行きます。

お上人さんを中心にお経を読んでからお焼香です。

それから机を並べてお斎《とき》（昼ご飯）が出ます。お赤飯や赤こんにゃく、高野豆腐といった精進ものです。

お昼ご飯が終わると、卒塔婆をお墓に持って行って拝みます。

家の御仏前にはおはぎもお供えします。南座のそばの「祇園饅頭」で買うてきます。古い店でしんこが有名です。

お盆は三日であっという間に終わるので寂しいですが、お彼岸は中日の前後三日あるので、おかあちゃんとゆっくり過ごせる気がします。

京都は神社仏閣の宝庫で、世界遺産に登録されている寺院や神社から、町内のお地蔵さんまで信仰の対象は多岐にわたる。

とりわけ祇園は八坂神社と歴史的に結びつき、他の花街に比べて神様や信仰と密なつながりがあるのも特徴の一つ。

神仏は家族のように身近な存在で、宗教行事や儀式も生活に溶け込んでいる。

成田山の大本山大阪別院にはよくお参りに行きます。

今年は初詣に行きましたし、八日には大般若経転読がありました。

二十八日の初不動にも行きました。お不動さんのご縁日にもできるだけ行っています。

何年か前までは、大晦日の年越しも成田山でした。

本堂の中で拝んでいると、夜中の十一時四十五分ぐらいにお坊さんが入ってきはって、護摩を焚いて除夜の鐘が鳴り始めます。

厳かな雰囲気で、ええもんです。

節分は祇園の舞妓さん二人を連れて行きます。京阪電鉄の重役さんと一緒に豆まきをするんです。

うちが生まれる前からおかあちゃんがしてはりました。

母は信心深かったと皆がいいます。

うちが小学生のときでした。

伏見神宝《かんだから》神社に石を奉らはったんです。

子供や従業員の名前を刻んで、全員が集められました。うちのおとうちゃんも来はりましたが、石に名前はありませんでした。

何年か前、伏見稲荷の初午に行ったとき、どうなっているのか見に行きました。

石はありました。土台に刻んだ名前も残っていました。

おかあちゃんは神社に行くと、必ずお札をもらってきました。

「みの家」と「吉むら」と離れの家の三軒分です。お札を三枚買うてきて玄関の上に祀ってはりました。玄関はお札だらけでした。

おかあちゃんを見てきたのでうちもその通りしてきました。そしたらある人にいわれました。

「こんだけ貼ったら神様がケンカする」

「おかあちゃんがそうしてきたから、真似してるだけです」

それで納得されたようでした。

うちが成田山に行くようになったのは、離婚して家に戻ってからです。

「はよ報告してきよし」

おかあちゃんにいわれて、成田山の偉い方のところに離婚の報告に行きました。もう四十年も前のことです。

最初は節分に舞妓さんの荷物持ちで行きました。

舞妓さんの籠は重いんです。雨具の合羽《かっぱ》も入っています。ついていってあげないと、おかあちゃんは大変と思いました。

長距離の移動のときは、舞妓さんは晴れてても合羽を着るんです。

京都の観光イベントで地方に行くときも、日本髪を結って海外に行くときも。

合羽を着ていたら、だらりの帯でも新幹線やタクシーで坐りやすいでしょう。着物が汚れないようにというのもあると思います。

新幹線のホームで、お天気なのに合羽を着ている舞妓さんを見た人は、不思議に思われたかもしれません。

成田山は、うちが生まれたときからお守りをいただいています。

子供の頃、首から身代わり守りというお守りをさげていました。

うちだけでなく上二人のきょうだいも。それを小学校の身体測定ではやしたてられたんです。

恥ずかしくて、泣いてあばにいいました。

子供はみんなしていると思てたんです。それからはランドセルにさげるようになりました。

そのお守りは、いまでは頼まれた分をうちが買うてくるようになりました。毎年男衆さんに、「十個買うてきて」といわれます。芸妓さんからも頼まれます。お茶の先生や髪結いさんには福豆のお裾分けを持って行きます。

成田山の帰りに玄関に柊を糸で吊るした家を見かけました。節分のいわしと柊の魔除けは見たことがありません。

うちは、おじいちゃん、おばあちゃんと縁がうすいんです。

おじいちゃんは大分出身で、おばあちゃんは山口ですが、おかあちゃんが十一のときに、おばあちゃんが亡くなります。おかあちゃんは東京にいたおじいちゃんのところに行くんですが、おじいちゃんは満州に行っていて、帰ってくる船の中で亡くなります。

だからうちは会うたこともないんです。

おばあちゃんは薙刀《なぎなた》の使い手で、厳しい人やったと話でしか知りません。

そやから節分のしきたりや言葉の由来といった、普通ならおじいちゃん、おばあちゃんから教わることを知らないままです。

それが悔しいと、京言葉を勉強している人にいうたことがあります。

成田山をお参りしたら伏見にある城南宮さんに寄ります。

そうしないと失礼にあたると、おかあちゃんがいうてました。方除《ほうよけ》の大社で知られるとこです。

おかあちゃんがいうてたことは、いまでも続けています。

おみくじは若い頃は必ず引いていました。

おかあちゃんが亡くなってからも、成田山に行くと引いています。

成田山といえばお護摩のご祈禱です。

お不動さんの前にお供え物をして、護摩木という特別な薪を焚いて祈る真言密教の秘法だそうです。

行事のある日だけでなく、ご祈禱をしてもらいに行きます。

主監の方には話を聞いてもらっています。このところ家にこもっていましたが、知恩院さんの石段を上り下りできるようになりました、というように。

来年は七十になるので、豆まきをさせてもらいたいとも伝えました。

あるとき思い悩むことがあって、ひと晩一睡もできませんでした。

宴会の着物のまま、朝一番の電車で成田山に行きました。

お互いのために縁を切ってもらおうとまで思い詰めた人がいたのですが、お不動さんの前に行ったら、その人との関係がよくなりますようにと祈っていました。

ぽろぽろ泣けて困りました。

眠れないくらい悩んでいたのに不思議な体験でした。

成田山は、なにかあると駆けつける心の拠り所になっています。

お盆のお施餓鬼も、「みの家」の先代、おかあちゃん、おじいちゃん、おばあちゃん、お富さん、お皆あばの戒名を書いて法要をお願いしています。お富さんの娘さんには、うちで勝手に拝むだけなのでと頼んで、戒名を教えてもらいました。

京都の人は信心深いといわれるが、とりわけ花街に生きる人は信仰心が厚い。願い事や頼み事によって自分の神様を取りそろえ、朝な夕なに神仏に手を合わせる。店出しや開店は日を占い、判断を仰ぐ八卦見《はつけみ》もいる。


去年は妙法院さんの晋山式に招いていただきました。

妙法院は天台宗の五門跡寺院の一つで、盛大な法要がとり行われました。

昔からこの人は出世するといわれたはった方が御門主にならはったんです。

当日はまず待合室に入り、それからお席に案内されました。

新しく御門主になられた方が入堂されてお経を読まはりました。

声明では「みの家」の表札を書いていただいた天納先生を思い出して涙ぐみました。どこかにおいやして、みんなに混じって唱えてはるように思いました。

お寺が好きなので晴れがましい席によんでいただいて嬉しかったです。こういう機会はもうないのではないでしょうか。

着物は綸子《りんず》地の紋付を着て行きました。はんなりしたもので、綸子は生地が光っているので普段はあまり着ません。昔、「祇園の女将が選ぶ着物」という着物屋さんのイベントのときに作ったものです。

葵祭の流鏑馬《やぶさめ》に招待してもらったこともありました。下鴨神社で行われる神事で、公家の装束を着た方が馬に乗ったまま的を射抜いていきます。馬が走ってくる速さに驚きました。

お遍路には前々から行ってみたいと思てました。歩き遍路の下見のつもりでバスツアーに参加したのが六十一歳のときです。一年のうちに順打ちと逆打ちの両方を巡礼しました。ちょうどうるう年でした。うるう年の逆打ちはご利益があり、弘法大師（空海）に会えるといわれています。

白衣《びゃくえ》に地下足袋、菅笠、金剛杖という出で立ちでした。金剛杖は弘法大師の分身で、同行二人《どうぎょうににん》といって、いつも弘法大師が一緒という意味です。鳴門海峡を一望できる札所があって、四国最南端の足摺岬の札所ではヤブツバキが群生してツバキのトンネルができていました。

四万十川も流れ、自然の見どころは満載です。

下見のつもりで参加しましたが、うちはもう息切れがしました。どこの札所でも、本堂と大師堂を参拝すると、うちがいつも最後です。

「あんた、若いのに」

と他の人にいわれました。

歩き遍路は一日十時間ぐらい、二十五〜四十キロの距離を歩きます。足腰を鍛えたとしても、とても無理だと思いました。

一人で参加したので、他の方たちが気を遣って話しかけてくれるんです。なにかあるのかと思われたのかもしれません。

ツアーのガイドの人に、

「吉村さんのように、きっちり来れる人は少ないですよ」

といわれました。ご主人が病気になったり、自分が風邪で寝込んだりで、全部の日程に参加できる人は稀《まれ》だそうです。

おかあちゃんはもう亡くなっていましたが、もし身内に不幸でもあったら行けなかったんですね。土地の人のお接待（無償で宿や食べ物を提供すること）を受け、結願したときの達成感は感無量でした。

残念ながら、弘法大師には会えませんでしたが……。

写経を始めたのは二十歳ぐらいのときです。嫁ぎ先で、写経というのがあるのでやりませんか、とお義母さんが連れて行ってくれました。それではまったんです。最初は苔寺（西芳寺）でした。まだ予約なしに自由に拝観できるときでした。そのうちに瀬戸内先生が写経を始めはったんです。けど瀬戸内先生のとこは遠いです。成田山大阪別院で第二日曜と二十八日の月二回やってるので通うようになりました。般若心経は三、四十分で書けます。無心というか、集中できるのがええのです。家では電話がかかってきたり、人が来たりで中断してしまいます。最後の願文のところは「心願成就」と書きます。写経用紙は瀬戸内先生のところのを買わせてもらっています。薄オレンジ色の線や紙の質がよくて字が女らしいんです。

信心深いというより、神さん、仏さんのいはる生活に馴染んでいるのでしょうか。そもそも朝参りを始めたのは、清水から引っ越して町内にお地蔵さんがなかったからでした。それまで身近なものとしてあったお地蔵さんがいはらへん……。ショックでした。寂しい思いをしました。

それくらい親しんでいたんですね。

地蔵盆には必ず参加していました。おかあちゃんも一緒でした。おかあちゃんの三回忌に「よし松」の弁天さんを思い出したこともあって……。

それで朝参りをするようになったんです。

いまの町内の地蔵盆のときは、目病み地蔵からお地蔵さんを借りてきはるんです。

一回だけ母を連れて行ったことがあります。駐車場にテントを張って、お寺さんも来はって、バーベキューやくじ引きがあって、なかなかのものでした。


祇園のまじない好きといわれるように、花街ではしきたりや行事と同様、様々なまじないや縁起担ぎが受け継がれている。

その昔、旦那になりたい男性がお茶屋の女将に相談し、候補の妓を座敷に集めた「みられ」では、かんざしを裏返しにしてあたらないようにするなどのまじないがあった。


無言参りは若いときにしたことがあります。

祇園祭のときに、祇園さんの御神輿《おみこし》は、十七日の山鉾巡行が済んでから、四条の御旅所に二十四日の後祭まで祀られます。その間夜中の十二時を回ってから、御旅所まで無言でお参りします。途中で誰かと口を利いたら最初からやり直しです。

なにをお願いしたのか、もう忘れてしまいましたが、芸妓さんらもしてはったように思います。

最近はお参りする舞妓さんらの話も聞かなくなりました。

新年になると、縁起物を飾るのはいまも同じです。「住吉さん」という人形のお飾りを「みの家」の上がり端に吊るします。熊手のように年々大きくしていく縁起ものです。

ゑびす神社にも十日ゑびすのときにお参りに行きます。

四辻参りというおまじないがあります。

着物の袂にしゃもじを隠していって、四辻に立ってしゃもじを持って三回ずつ、お客さんを招き寄せる格好をします。四辻の神様に千客万来を祈願するのだそうです。

おかあちゃんから聞いたことがありました。何年か前、店を手伝いに来た子が末吉町の角に立ってしていました。

茶断ちも願いがかなうといわれています。

試してみようかと思いましたが、お茶は好きなので断てそうもありません。

おかあちゃんはしてはりました。

「なんのため？」

「内緒」といわれました。

おまじないや迷信は信じるほうです。

履物は夜におろさない。家の中で新しい履物をはいたらそのまま土間には降りず、翌日の朝改めておろすようにする。

さらのおべべは南向きにおおきにというて着る、というのもありました。

おかあちゃんや仲居さんがいうてたのを聞いた覚えがあります。

夜に爪を切ると親の死に目に会えないといいます。

おかあちゃんが亡くなったとき、

「もうなにをしてもええんや、死に目に会えたから」

というてお富さんと泣き笑いになったことがあります。

通帳か印鑑の大事なものが見つからず、困っているときでした。

ふと思い出したのが、

「清水の音羽の滝に願かけて失せたる××のなきにもあらず」

その台詞を唱えると、失せものが出るというおまじないです。いろんなバージョンがあるようですが、唱える前に見つかってほっとしました。

清水寺の音羽の滝も、三本流れていて、学業と恋愛と健康に効くといわれています。全部飲んだらご利益がなくなるとか、いろんないい伝えがあるようです。

着物の裾がほつけて着たまま縫うときは、「脱いだ」というてから縫うというおまじないもあります。

うちも舞妓さんらの着物を縫うてあげるとき、そういうてもらいましたし、お富さんもそうしてはりました。

着針や出針は縁起がよくないという迷信からでしょうか。縫う人も縫われる人も、慌てずに気を落ち着けてからということなのかもしれません。

お座敷でも縁起担ぎはあるでしょう。

芸妓さんらはうちの目が届かないとこでしてはるので気づかないのかもしれません。

昔はちり紙は生漉《きす》きの和紙を使っていて、それで客待ちの占いもしていたようです。

お日柄は気にします。

大安、仏滅、先勝、先負……より細かな、日蓮宗の二十八宿暦というのがあります。願望成就する吉日や、万事成就することのない悪日だけではありません。旅行や棟上げ式や開店、畳替えや雇い入れ、転居、結婚、埋葬の他に、着物をおろしてもいい日というのがあります。おろすのは着物に限らず、下着やサンダルでもいいんです。おろすものがなければ台所のスポンジをおろしています。

釘を打ってはいけない日もあります。

なにをするにもお日柄です。

あることをする日にちを決めるときに、うちが、

「ちょっと待って」

というたので、相手の人はてっきりスケジュールを見に行ったと思たようです。うちがお日柄

を見てたと知って呆れられました。

おかあちゃんが、おにいちゃんらのおとうさんと別れる日を占ったのはこの暦でした。なんでも占うのもおかあちゃん譲りなのか……。

お月さんも頼みにしています。

もう長いこと、お台所には月齢カレンダーをかけています。

月の満ち欠けによって、満ちていくときは物を買い、欠けるときは物を捨てます。

新月になる旧暦の一日は、朝参りも祇園さんから知恩院さんに寄る一時間コースです。

神さんのことをするのは一日がいいと聞きました。祇園さんには一日と十五日と新月のときには必ずお参りします。

# 第十章

# 「みの家」のこれから

お茶屋というのはお客さんあってのお商売です。

この前も近所のお料理屋さんがお客さんを紹介してくれはって、お座敷遊びを楽しんで帰られたと聞いてほっとしました。

気に入ってもらえる芸妓さん舞妓さんに引き合わせたいのですが、あの人数の中からどうやって選ぶかが問題です。ぴったり合うたときは嬉しいです。お客さんに、またあの妓をよんでといわれたら。

合うかどうかは一種の賭けでしょう。

気分の問題もあるかもしれません。たまたま合うただけで、うっとこは商売になるのですから有難いことと思います。

辛いのはその妓がやめるときです。

結婚したら芸妓さんは続けられません。結婚以外にもやめる理由はいろいろあります。

実はあの妓はやめたんどすと、何回お客さんに謝ったでしょう。

憧れて花柳界に来たものの、思てたのと違ったというてやめる妓もいます。

昔は引き留めていました。

「明日一日辛抱して」

「今度の都をどりまで頑張ってみて」

なんとか思い留まるように一生懸命説得しました。

けどいまは、やめたいならやめたほうがええ、やめるなら早いほうがええかもしれないと思います。

その妓にとって合う場所が他にあるかもしれない。合わんとこでいくら努力しても時間の無駄になってしまいます。

なんでも相性やないかと思います。

人間同士に限らず、仕事に対しても。

風間完先生は無駄な努力はしたくないという方でした。自分がそうなので、人にもしろとはいえないといっていました。

先生と同じ道に進んだ息子さんにもうちにも、「もっと努力して」とはよういわんと。

うちも変わったのかもしれません。

昔はお客さんに合わせるのは苦ではなかったです。予約のないお客さんでも対応していました。

けどいまは、しんどいときがあります。

芸妓さんの手配から、おしぼり、お酒、氷を割って、ミネラルとおつまみ……。

一人でするには限界があります。

女将に向き不向きというのはあると思います。

必要なのは統率力と説得力。

おかあちゃんは説得力はあったと思います。従業員がみんな長いこと働いてくれたのは働きやすかったからでしょう。ほったらかしなので、気楽だったのかもしれません。

「今年こそ、予約をきいてへんときでも、『みの家』に行ったらどうえ?」

お正月に二人で過ごしたとき、おかあちゃんにいうたことがありました。それくらい従業員に任せていました。

うちのように依頼心や依存心が強いのは女将として頼りないでしょう。

お客さんの表情が冴えないとか、髪型を変えはったとかいう変化に目が向いて、機敏に対応するのは前提条件かもしれません。

ぼんやりしていては女将は務まりません。

美人は向いてないというのは、おかあちゃんがいわはったことです。

「別嬪さんはあかん。へちゃなほうがええ」

自分のことをいうてるのかと思いました。

「舞妓や芸妓を引き立てるのが女将の仕事、女将が別嬪でどうするんや」

そうもいうてました。お茶屋はお客さんに芸妓さん舞妓さんをお座敷によんでもらうことで成り立ちます。稀にお世辞と思いますが、

「芸妓や舞妓はいらん。薫ちゃんがいてくれたらいい」

そういうてくれはるお客さんがいはります。

有難いことですが、それではお商売になりません。

清水で旅館「吉むら」をしてたとき、人手がないとお客さんの荷物を部屋まで運んだりして、動き回らなければいけないしんどさがありました。それでも、

「先にお風呂におしやすか？　ご飯におしやすか？」

とお部屋をお訪ねして、一泊でも家族的な感じがありました。

朝ご飯のとき、うちは一膳だけお給仕して、あとは任せて下がりました。

心の交流まではいきませんが、お帰りになるときは門までお見送りして、

「おおきに、また来とくれやす」

「ええ、また」

この人はもう一回来てくれはるというのがわかりました。しばらくしてその通りにまたお電話をいただいて、

「×月に行ったものです」

「はい、覚えてます」

そういうやり取りができるのは嬉しかったです。思い入れが違うというのか、通い合うものがあったというか、旅館はお客さんとの関係が濃かった気がします。

「吉むら」の仲居頭だったおまささんが脳卒中で倒れたのは、母親の千万子さんがまだ健在だったとき。千万子さんは「吉むら」を閉めるといったが、薫さんはスナック

「チマ子」を続けながら「吉むら」も切り盛りした。

寝たきりになったおまささんの面倒もみた。


おまさはんが倒れはったのは三月で、連日満室という忙しいときでした。旅館というのは、お座敷でお酌をしてるのとはわけが違います。お部屋にお布団を敷きに行って、朝食もベーコンエッグというわけにはいきません。

おまさはんと一緒に働いてたうちの従姉に教えてもらって、もう必死でした。旅館の中のことだけではないんです。役所に消防法の話を聞きに行って、十分遅刻したら中に入れてもらえなかったり……。おかあちゃんはそういうことが苦手なので、うちがするしかありませんでした。

おまさはんは親戚の方がいたんですが、引き取りを拒否されたんです。それでうちが病院を探したり、福祉事務所にかけあったり。

「なんとか老人ホームみたいなとこに入れないでしょうか」

職員の人にコロッケの差し入れを持って行ったりして日参しました。

おまさはんはうちで何十年も働いてくれた人で、気持ちとしては家族の一員です。放っておくわけにはいきません。

己を忘れて他を利するは慈悲の極みなり、という最澄の言葉を思い出しました。

結局、六人部屋の老人ホームに入れたんですが、おまさはんは気に入らなかったようで、「鬼！」といって枕を投げられました。

ホームの人には、赤の他人でも家族のようなものなので、なにかあったら必ず連絡くださいさい、担当の人が替わったら申し送りをしてくださいと頼んで、盆暮れにはお中元とお歳暮を送っていました。

そしたら、もう送らないでくださいという連絡が来ました。亡くなったときも知らせてもらえませんでした。


店借りさんの佳つ磨ちゃんが亡くなったのは今年の初夏でした。

ホスピスに入ってからも、今度の都をどりには行きたいと前向きに話していました。四十七歳というのは、いくらなんでも早過ぎます。

佳つ磨ちゃんに初めて会うたのは、まだ舞妓さんのときでした。

しっとりした雰囲気のきれいな妓でした。

富山の「風の盆」によんでくださるお客さんがいて、何年か続けて一緒に行きました。今年はどの着物で行く？　と楽しみに打ち合わせもして。

亡くなる少し前にお見舞いに行ったとき、

「おねえちゃん、姿見がほしいねん」

といわれました。咄嗟に返事ができませんでした。

ホスピスに入っても自分の姿を気にかけたはる佳つ磨ちゃんは、ほんまに芸妓さんやなと思いました。

お通夜に駆けつけたお友だちが、「きれいな顔したはるえ」といわはりました。ほんまにきれいな顔どした。

佳つ磨ちゃんというてたことがありました。

お見舞いに来てくれた人に「頑張って」と声をかけられると、それがつらいと。本人はもう十分頑張っているのです。それなのにまだ頑張らなければいけないのか、これ以上頑張れないという気持ちになると。

うちもおかあちゃんのことや借金のこととかがあったので、その気持ちはようわかります。「頑張る」に代わる言葉はないか二人で探していたのですが、見つからないままでした。


花街はもともとインターネットが通用しない世界だった。

いまでは公式ホームページを持つお茶屋もあり、そこから舞妓の応募もできる。インスタグラムで情報を発信する芸舞妓もいる。

一見さんお断りという長い間の慣例も、一度お座敷に上がったら同じ花街で他のお茶屋のお座敷に上がるのは行儀が悪いというしきたりも、次第に厳守されなくなった。

いま個人のお客さんは数えるほどで、昔気質の方や豪快に遊ぶ人も少なくなり、情も変わってきました。時代やからしゃあないのかもしれません。

うちはいまでも便箋に手紙を書きます。

いただきもののお礼は必ず季節の葉書です。下手な字でもメールより気持ちが通じるような気がします。

お茶屋だけの営業で、ホームバーやテーブル席がないのは時代遅れなのかもしれません。

それでも改装となると、床の間の位置も変わって掛け花にしなければなりません。芸妓さん舞妓さんの椅子も入れて、お座敷全部が変わってしまいます。

祇園は長いこと一見さんお断りでした。それがよさでもあったんです。

それも通らんようになってきました。

この前こういうことがありました。

一見さんからお電話があったので、

「ご紹介がないと受けられへんのどす」

と説明しました。なんでうっとこの電話番号を知ったんですかと尋ねたら、都をどりのパンフレットの裏に載っていたそうです。

「いままでお茶屋に行ったことはおへんのどすか？」

と聞いたところ、昔行ったお茶屋が一軒あって、先にそこに電話したところ通じなかったようです。

前に行ったお茶屋があるなら、そこに行くのが本来のことで、連れていかれるのは仕方ないにしても、あちこちのお茶屋に行くのは行儀が悪いことになるというお話をしました。

うちはそのお茶屋が留守がちなのを知ってましたので、

「ケータイは知っといやすか？　うちが女将さんに連絡して、お客さんが困ってはりますとお伝えしてよろしおすか？」

というと、えっ、連絡してくれるの？　と驚いたようです。

「パンフレットで見たといわれても、うっとこへというわけにはいきません。うちか先方かどちらかから連絡させてもらいます」

そういって電話を切り、お茶屋の女将さんに連絡して事の次第を伝えました。

「私から電話します」

と女将さんはいわはりました。お客さんは馴染みのお茶屋に行かはったはずです。

それが筋と思います。

わざわざ繋いでやらんでええという人もいます。それでも、いくらお金を積まれてもご紹介のないお客さんはお受けできません。

本来なら、その後そのお茶屋さんからうっとこに挨拶があるのですが、どうしたことか……。

時代の流れに合わせるのが、そういうことも含めてなら、ちょっと堪忍してもらいたいです。長いことこの町は、「おおきに」「おかげさんで」で成り立ってきました。お客さんを連れてきていただいたら、今度はお連れしようと。

昔はなんでも筋を通すとこがありました。お馴染みのお客さんが来はると、お茶屋の筋の芸妓さんがよばれ、舞妓さんらはそのおねえさんの引きでお座敷によんでもらいました。

いまは空いてる妓がいたら筋に関係なくよばれます。

妹芸妓の失敗は姉の失敗、見習いお茶屋の恥というように筋が問われました。そういう関係もうすくなってる気がします。

いくら昔の町並みが残っても、それは観光客目当てのもの。根本的なものがなくなっては元も子もないのではないでしょうか。

確かに便利になったことはありますが、いままでのお茶屋や昔のやり方ではもう古いといわれてるようで腑に落ちないときがあります。

同じ考えのお客さんもいはります。

その方は摘草料理で知られる花背の「美山荘」の、亡くなったご主人の紹介で「チマ子」に来はって、それから旅館や「みの家」にも来てくれはるようになりました。

「××とってくれる？」

お料理屋さんを予約してほしいというお電話をいただくことがあります。

お料理屋さんからはうっとこに請求書が来ます。立て替えで払って、うっとこには一銭の儲けもありません。その方は、

「ごめんね、電話の用事ばかりさせて」といわはりますが、

「お茶屋の仕事なので、当たり前どす」とお返事します。

昔のお茶屋の使い方を知ってる最後ぐらいの方で、おかあちゃんからお茶屋というものを教えられているんですね。

お客さんが望んだはることをさせてもらうのが本来のつき合いと思います。そこまでの信頼関係を築けてこそお茶屋のご常連のお客さんです。

時代に合わせるのも合わせないのも難儀なことですが、もうちょっとこのままでやっていこうと思います。

平成三十一年は千万子さんの二十三回忌。いまも薫さんの心を占めているのは「おかあちゃん」という。

おかあちゃんは、お金があったらあっただけ全部使う人でした。

もちろん貯金はありません。

経営者として成功したようにいわれますが、身内から見ると……。

気前のええ人やったんです。「よし松」にいたときも、芸妓さんに物を買うてあげたり、おなかがすいたといわれたら、どこかに食べにいこと誘ったり。

人が喜ぶのが好きやったんですね。

『京まんだら』の中で、おかあちゃんに大金を借りに来た人が出てきますが、あれは九州の方でうちも覚えがあります。

道具屋に売っても大した金にならないといって、お振り袖や舞台衣装を売りに来る人もいました。おかあちゃんは気前よう買うてあげてました。

そういうとこは似てるかもしれません。

「上海に行きたい」

ある芸妓さんがいい出したことがありました。

馴染みのお客さんと、いこかという話になりました。けど花代は無理といわはります。それでうちが出しました。もちろん芸妓さんにはいうてません。

おかあちゃん同様、お金が貯まるはずがありません。

玄関に黒い招き猫が飾ってあります。

おかあちゃんのお土産で形見です。黒い招き猫は珍しく、うちが黒を好きだからというてました。それもありますが、旅先でお店に入ったら、お店の人がお商売になるようになにか買うてあげないといけないと思たんでしょう。

お店に行ったら飲んであげないといけない。なにか買うてあげないといけない。

そういうとこは一緒ですね。


見よう見真似で女将業をやってきました。

若いときに「みの家」を手伝ってたら、おかあちゃんの女将振りを間近で見られましたが、見たら見たで文句をいい、ケンカになってたかもしれません。

いまはなにもかも一人でするのが普通になっています。

生まれたときからあったことはなかなか変えられません。

唯一変えたのは照明です。

「みの家」では蛍光灯を使っていましたが、それを電球にしました。お台所の上のとこ以外は全部です。

「蛍光灯でないほうが、食べ物がおいしく見える」

「女性もきれいに見える」

イサム・ノグチさんに何度かいわれたのに、おかあちゃんは変えはらへんかったんです。

認知症になってから、

「なんや暗いな」といわれたことがありましたが、誤魔かしました。

長い間反面教師で、無駄な抵抗をしてきましたが、結局おかあちゃんのあとを追っているのかもしれません。

末っ子のあかんたれが、なんでも自分で決めて采配を振るわなければいけない女将業をよくやってきたと思います。

滋賀県の草津に水生植物園というところがあります。

一面にハスの花が咲いていて、そんな景色は見たことがなかったので、初めて行ったときはびっくりしました。毎年行くようになって、いろんな方をお連れしましたが、やっぱり驚いてみえました。

これを極楽というのかと思いました。

あの世でおかあちゃんに会えたら、いろいろ報告したいことがありますが、徳があったおかあちゃんは天国、うちは地獄で会えへんような気がします。


祇園では男の子が生まれると歓迎されず、屋形では養子に出したりするが、千万子さんは薫さんの兄が生まれたときも大喜びした。

祇園もおひとりさま時代を迎え、女の一人暮らしがひと昔前より増えている。夜も賑やかな町なので用心は悪くない。

祇園のある東山区は京都市の中でも長寿の町。

親きょうだいと縁の薄い芸舞妓も、「おかあさん」「おねえさん」のいる花街の疑似家族の中で助け合い、血縁より心の系統の先駆けとなっている。

後継者を考える間もありませんでした。

少子化は祇園町も同じで、屋形やお茶屋に娘さんがいても、難儀な仕事とわかっているのであとを継ぐとは限らない。外の世界に憧れて花街から出ていく娘さんに、親御さんも無理に継いでほしいとはいわないようです。

芸妓さんを養女に迎えて、あとを継いでもらう方法があります。

おかあちゃんに絶対反対といわれたことがありました。

離婚して家に帰ってきたときです。

家賃をなんぼと決めはったんです。給料は給料、それとは別やと。

それともう一つとつけ加えて、

「相手は誰でもええから、この人と思た人の子供を産みなさい」

といわれました。

三十代の後半になった頃、

「好きな人ができてるみたいやし、子供を産んどいたら？　そろそろ限界やで」

とすすめられましたが、うちが躊躇して、

「あの人の子供は厄介と思わんか?」

「そらそうやな」

それで子供は諦めたようです。それなら養女という話が出たとき、

「養女はあかん」

「なんで?　おかあちゃんも養女やないか」

理由はいわはらしませんでした。何人か養女のあと継ぎを見てきたからでしょうか。

女将志願はいまの時代にいないようでいて、舞妓さんから芸妓さんになって、家を買うて一人でお茶屋を始めた人がいます。

女将も若手が育っています。

お嫁さんがあとを継ぐこともあります。よそから来た人には無理ということはありません。おかあちゃんがそうでしたから。

芸妓さんでジャズ歌手の妓がいました。

がんを患ったこともあって芸妓を引退して、いまはジャズ歌手として活動してはります。

音楽大学を出て地方さんになった妓もいます。芸妓さんの世界もそうやって少しずつ変わってきています。

女将もそうですが、芸妓さん舞妓さんに定年はありません。祇園町で最高齢では九十二歳の方がいはります。さすがに都をどりには出てはらしませんが。

年をとってもどこか可愛いいとこがあるのでしょうか。親から子、子から孫へとお客さんが引き継がれてきたラッキーな例だったのかもしれません。

祇園町でずっと生きていくには、この町に合うた人でないと難しいように思います。

本人がいくらこの町を好きでも、まず祇園町に好かれないと。この町に受け入れられるかどうかです。

うちも祇園町に置いてもらっているだけで有難い。祇園町に盾突くのはいかんことと思てます。

「なんで？　なんで？」

若い頃は納得できないことがあるとすぐ聞いてました。

それはいかんと近頃思うようになりました。

そういうもんなんやと。そういうとこなんやと。

仮に理不尽に思ても、それが通るくらいのとこなんやと。

たまたま育ったのが祇園町で、うちはおかあちゃんしか見てません。

芸妓さんがいて舞妓さんがいて組合があってうちはお商売ができる。

この町の片隅でひっそりとお商売を続けていけたらと思います。

おかあちゃんのおかげで、たくさんのええ人に会わしてもらいました。

おかあちゃんあっての自分と心得ています。

ありとあらゆるものを売って、なにもかもなくしてもこうして生きていける。

振り返って思い出すのは楽しかったことばかりです。

都をどりのときに一族郎党を引き連れて来はったお客さんと、夜桜見物に繰り出して大宴会を開いたこと。

揃いの浴衣一式をあつらえたお客さんと、浴衣姿の芸妓さんを連れて嵐山で舟遊びを楽しんだときのこと。

インドに行ったときは、この雑踏に紛れて生きていきたいと思いました。

いまだにうちがビールが好きと思い込んで、昔のように飲ませようとするお客さんもいはります。

嫌やったことは一つも思い出しません。

昔のお客さんやその奥さんと話して、

「あの頃は、楽しおしたなあ」

笑い合って懐かしい昔話に花が咲きます。

「うちも、そうえ」

そういう人が何人かいはりました。

毎日の朝参りのコースは京都の四季が堪能できます。

春は花吹雪が舞う満開の桜のトンネル、まぶしいほど鮮やかな新緑に思わず立ち尽くし、燃えるような紅葉は息を呑むほどの美しさです。

贅沢なことと思います。

門の掃除も休まず続けています。

どこかで誰かに見られてる意識があるんでしょうか。おかあちゃんかもしれませんし、祇園町かもしれません。

「無理しんようにな」と声をかけてくれはる先輩の女将さんもいはります。

おかあちゃんの介護やうちの病気のときに、助けてもらった人たちへの恩義は忘れんようにしています。

誕生日は忘れても、お世話になった方の命日は忘れんように。

この前、髙島屋でロボットを売ってました。何種類かの商品があるそうです。

うちが子供の頃に遊んだカール人形のようなものでしょう。そういう時代になったのかもしれません。

これからはＡＩでもできる仕事が増えていくでしょう。

けど人と人を相手にする女将という仕事は、いつの時代になっても人間しかできないと思います。

これからは体力と気力をもっとつけて。

もうちょっと気張らんと、「みの家」の先代やおかあちゃんに申し訳が立たないと思てます。

平成４（1992）年６月、山形にて。
母・千万子（73歳）と薫（42歳）
の最後の旅行

# あとがき

「みの家」の女将の吉村薫さんに出会ったのは、いまから四半世紀ほど前、編集者に連れられて「みの家」を訪れたときだった。

若い頃、芝木好子の『光琳の櫛』を読んで料亭の女将に憧れた私は、そのときから愛しい人でもいるように京都に通い詰めた。

当時若女将だった薫さんは四十代、私は三十代。二人ともまだ若く、飲み明かしていた頃で、節分のお化けのお座敷に招いていただいたり、清水にあった旅館「吉むら」に泊まり、ご飯食べや、芸妓さんを連れての東京の一流どころ巡りにも同行させてもらった。

昔気質《かたぎ》で豪快に遊ぶお客さんがいた、最後の時代だろう。

伝統と格式を誇る祇園の、お茶屋の女将といえば、とりすました、したたかな女性を連想するかもしれない。それがまるでないのは拍子抜けするほどだった。もちろんプロなのだが、プロフェッショナルの垣根がなく、どこにも染まっていない。

こんな女将さんがいるのかと驚いた。

生前お会いする機会があった先代女将の千万子さんと共に、花街の中でこの母娘二代はひょっとしたら稀有な存在なのかもしれない。

花街のしきたりもさることながら、挨拶の習慣や華やかなお座敷と常の暮らしというハレとケなど、祇園ワールドで目にするものは驚きと発見に満ちていた。

それにも増して魅せられたのは、女将の薫さんという人だった。たおやかな京言葉を操り、繕《つくろ》わないかわいらしさの一方で、筋の通らないことには京おんなの芯の強さと誇りで対処する。

祇園という特殊な環境は、外にいる人間には所詮わかるはずもないが、断り方ひとつにも神経が張りめぐらされており、華やぎの裏にあるものに後になって気づくこともたびたびだった。

こうして書いてきて、「みの家」のお富さん、「吉むら」のおきみさん、ご常連客と思い出す人も多く、「みの家」の歴史を辿っているようで懐かしかった。

この出会いとご縁に感謝しつつ、客層もお茶屋も変わっていく時代に、この先も「みの家」が末永く栄えていくことを心より願っている。

本書に推薦文を寄せてくださった瀬戸内寂聴先生は、私の郷里の文化勲章作家・丹羽文雄さんの門下にあたる。これにもまた不思議なご縁を感じている。

谷口桂子

二〇一八年秋暑のころ

# 主な参考文献

『京まんだら』瀬戸内晴美　講談社文庫
『祇園の男』瀬戸内晴美　文春文庫

『おてんば女将の祇園昔ばなし』小川智恵子　草思社
『お茶屋遊びを知っといやすか』山本雅子　廣済堂出版
『祇園女の王国――紅殻格子のうちとそと』佐野美津子　新潮社
『祇園豆爾――ちょっと昔の祇園町』新井豆爾　朝日新聞出版
『「祇園」うちあけ話――お茶屋のこと、お客様のこと、しきたりのこと』三宅小まめ・森田繁子　ＰＨＰ文庫
『祇園に学ぶおもてなし』豆涼　ぶんか社文庫
『芸者雪そのの青春』山口富美恵　集英社
『花見小路に降る雪は――祇園女の恋と意気地』山口富美恵　主婦の友社
『京都舞妓と芸妓の奥座敷』相原恭子　文春新書
『京都花街　舞妓と芸妓のうちあけ話――芸・美・遊・恋・文学うちらの奥座敷へようこそ』相原恭子　淡交社
『京都花街もてなしの技術』相原恭子　小学館
『未知の京都――舞妓と芸妓』相原恭子　弘文堂

『京都花街 ファッションの美と心』相原恭子　淡交社
『芸妓峰子の花いくさ——ほんまの恋はいっぺんどす』岩崎峰子　講談社
『祇園の教訓——昇る人、昇りきらずに終わる人』岩崎峰子　だいわ文庫
『師父の遺言』松井今朝子　集英社文庫
『幸田文しつけ帖』幸田文著　青木玉編　平凡社
『父・こんなこと』幸田文　新潮文庫
『京都花街の経営学』西尾久美子　東洋経済新報社
『おもてなしの仕組み——京都花街に学ぶマネジメント』西尾久美子　中公文庫
『舞妓の言葉——京都花街、人育ての極意』西尾久美子　東洋経済新報社
『「一見さんお断り」の勝ち残り経営——京都花街お茶屋を350年繁栄させてきた手法に学ぶ』高橋秀彰　ぱる出版
『愛され上手になる祇園流・女磨き』桐木千寿　講談社
『京都「菊乃井」大女将の人育て、商い育て』村田英子　朝日新聞社
『月刊 太陽』特集「祇園」1972年6月号　平凡社
『京舞妓歳時記——溝縁ひろし写真集』溝縁ひろし　東方出版
『京都 佳つ乃歳時記』佳つ乃　講談社
『日本の歳時記 京都——旧家に学ぶ、知恵としきたり』冷泉貴実子・千宗守・杉本秀太郎　小学館
『京の花街「輪違屋」物語』高橋利樹　ＰＨＰ新書

谷口桂子　たにぐち・けいこ

作家・俳人。1961年、三重県四日市市生まれ。東京外国語大学外国語学部イタリア語学科卒業。著書に『越し人 芥川龍之介 最後の恋人』（小学館）ほか。

祇園、うっとこの話
「みの家」女将、ひとり語り

2018年10月25日　初版第１刷発行

著者　谷口桂子

発行者　下中美都
発行所　株式会社平凡社
〒101-0051　東京都千代田区神田神保町3-29
電話　03-3230-6584（編集）
03-3230-6573（営業）
振替　00180-0-29639
ホームページ　http://www.heibonsha.co.jp/

印刷・製本　中央精版印刷株式会社


ISBN 978-4-582-83784-1　NDC分類番号916
四六判（19.4cm）　総ページ240